MEU CORAÇÃO

Else Lasker-Schüler

The translation of this work was supported by a
grant from the Goethe-Institut.

Grafia atualizada segundo o Acordo Ortográfico da Língua Portuguesa de 1990, que entrou em vigor no Brasil em 2009.

Arte: Vinicius Oliveira
Revisão: Helena Trevisan e Lígia Garzaro
Preparação: Leonardo Garzaro
Diagramação: Ana Helena Oliveira
Tradução e notas: Murilo Jardelino e Ebal Bolacio
Edição: Felipe Damorim e Leonardo Garzaro
Imprensa: Beatriz Reingenheim
Posfácio: Juliana P. Perez

Catalogação na publicação
Elaborada por Bibliotecária Janaina Ramos – CRB-8/9166

L345

Lasker-Schüler, Else

Meu coração - Um romance de amor com ilustrações e pessoas reais /
Else Lasker-Schüler; Tradução de Murilo Jardelino e Ebal Bolacio –
Santo André - SP: Rua do Sabão, 2021.

Título original: Mein Herz

164 p.; 14 X 21 cm

ISBN 978-65-89218-02-9

1. Cartas. 2. Literatura alemã. 3. Else Lasker-Schüler (1869-1945). I. Lasker--Schüler, Else. II. Jardelino, Murilo (Tradução). III. Bolacio, Ebal (Tradução). IV. Título.

CDD 839.82

Índice para catálogo sistemático
I. Cartas : Literatura alemã

[2022]

Rua da Fonte, 275, sala 62 B,
09040-270 — Santo André — SP

www.editoraruadosabao.com.br
/ editoraruadosabao
/ editoraruadosabao
/ editoraruadosabao
/ editorarua
/ edit_ruadosabao

MEU CORAÇÃO

— Um romance de amor com ilustrações e pessoas reais —

Else Lasker-Schüler

Traduzido do alemão por
Murilo Jardelino e Ebal Bolacio

Posfácio por
Juliana P. Perez

A ninguém

(I)

Queridos Rapazes,

É certamente um gesto de amizade Kurtchen[1] ter levado você para a Suécia, Herwarth. Kurtchen logo será promotor e nada poderá acontecer a vocês. Mas algo pode acontecer comigo, não tenho ninguém a quem contar minhas aventuras, exceto Peter Baum, que está se mudando do antigo para o novo apartamento. Na confusão, ele levou para o caminhão de mudança, em vez de sua cadeira da escrivaninha, sua Matja, e fez uma recomendação especial aos carregadores para que não arrancassem as borlas. Só à noite contei a ele minha nova história de amor. Realmente, nunca amei tanto como desta vez. Caso estejam interessados: anteontem fui tranquilamente com Gertrude Barrison ao Luna Park[2] para ver a exposição egípcia[3], como se pressentíssemos algo doce. Lá, em um Café, Gertrude despertou a atenção de um árabe de barba cerrada; horrorizada, recusou-se terminan-

1 *Kurtchen* é o diminutivo do nome próprio Kurt, usado ironicamente pela autora e que preferimos manter.

2 Um dos maiores parques de diversão da Europa no início do século XX, inaugurado em 1909 à beira do lago Halensee, em que se realizavam exposições, comuns à época, nas quais havia pessoas oriundas de lugares "exóticos", inclusive a exposição egípcia.

3 No início do século XX eram comuns exposições de cunho "etnológico" (*Völkerschauen, Koloniallzeiten* ou *Menschenzoos*), como essa no Luna Park, em que se apresentavam temas de povos exóticos, no caso, egípcios, inclusive com pessoas dos respectivos países.

temente a seguir minha sugestão para flertar com ele. É que eu teria adorado ver o movimento de seus lábios se franzindo, represados apenas pela reserva de minha acompanhante. Fiquei bem aborrecida com ela. Mas durante a apresentação da dança do ventre aconteceu uma das maravilhas de meu livro árabe[4]; dancei com Minn[5], o filho do sultão de Marrocos. Dançamos, dançamos, qual serpentes, lá no alto no palco islâmico, saímos de nós mesmos, seguindo os sons sedutores da flauta de bambu do encantador de serpentes, seguindo o tambor tão antigo quanto os faraós, com as soalhas eternas. Gertrude também dançou a *craquette*, não tal qual uma muçulmana como nós, mas parecendo uma musa, com braços graciosos, provocativos, seus dedos tremulavam como franjas ao vento. Mas ele e eu nos perdemos em direção a Tanger, proferimos gritos de guerra, até que sua boca me beijou de maneira tão suave, tão fervorosa, e eu teria me envergonhado de me recusar. Desde então amo todas as pessoas que têm qualquer nuance de sua cor de pele, que lembra seu brocado de ouro. Amo o Eslavo porque ele tem cabelos castanhos semelhantes aos de Minn; amo o Bispo porque o rubi em sua gravata é do mesmo rubro com que meu muçulmano aristocrático pinta suas unhas. Não consigo pensar em seus olhos sem me sentir em chamas, rios estreitos e sinuosos, íris cintilantes que se aconchegam no Nilo. Que devo fazer? A administração do Luna Park me proibiu de entrar lá, provavelmente suspeitando de algo. Justamente ontem de manhã quando eu levava um grande diamante para

---

4 Refere-se a seu livro *Die Nächte Tino von Bagdads*, de 1907.

5 Personagem da obra *Die Nächte Tino von Bagdads*.

o meu grande amigo — o seu, Herwarth; você ficou chateado? — e um saquinho de balas de coco. Imaginem se eu tivesse algum dinheiro agora. E eu escrevi uma carta contundente ao Luna Park, que eu comunicaria ao jornal Voss o insulto que me fora infligido, que meu nome é Else Lasker-Schüler e que eu escrevia poemas ocasionais ao Quediva nas recepções aos príncipes herdeiros europeus. De que me vale que me deixaram entrar novamente — sempre há um detetive me seguindo, mas Minn e eu nos encontramos onde vivem os zulus, negros e selvagens, próximo ao lixo da exposição egípcia, aonde não vai nenhum homem branco. Me meti em toda essa história por causa do empresário que trata esses muçulmanos como escravos, e eu vou assassiná-lo com meu punhal, que adquiri no país de Minn. Ele é o mais jovem que o traficante de escravos trouxe para a Europa, ele é o *ben, ben, ben, ben, ben*[6] do pai mais jovem do Luna Garten egípcio. Ele não é escravo, Minn é um príncipe, Minn é um guerreiro, Minn é o meu companheiro de brincadeira bíblico. Usa um traje de cetim arrogante e, porque me beijou, sonha só comigo. Kurtchen, amigo de Herwarth, ah se você estivesse aqui, ninguém quer ir comigo ao Egito; ontem anunciaram um casamento lá em painéis de propaganda por toda parte. Será que ele se casou?

Imaginem só, olhei para a lua da ponte Weidendammer por vinte centavos. Mas só reconheci vultos pelo telescópio. Um homem estava com o mes-

---

6 A palavra *ben* é uma forma relacionada à palavra hebraica בן que significa filho.

mo corte de cabelo que você, Herwarth, ou melhor, sem corte. Será que também os proletários lá da lua sempre pedem para você cortar o cabelo? E vi um cavalheiro com uma pasta comendo pão com rosbife, que lembrava você, Kurtchen. E, há um café na lua também, de verdade; era noite, ouvi uma voz que vinha de dentro parecida com a de Dr. Caro cantando: "Então vamos falar de amor novamente, como outrora, em maio[7]".

Apaixonei-me de vez pelo Eslavo — por quê? — é o que sempre pergunto às estrelas. Eu o amo de uma maneira muito diferente da como amei o muçulmano, cujo beijo ainda sinto, uma borboleta dourada, em minha bochecha. Mas o Eslavo, esse eu só quero contemplar como uma pintura inspirada na obra de um velho mestre. Seu rosto tem cor de fogo, eu ardo quando olho pra ele e dele não consigo me desvencilhar. Você não precisa ter medo, Herwarth, ele nem respondeu minha carta de amor. Escrevi assim: Meu Eslavo querido, se você estivesse exposto no Louvre, eu teria roubado você ao invés da Mona Lisa[8]. Eu gostaria de olhar pra você o tempo todo, não me cansaria; eu mandaria construir uma torre só pra mim, sem porta[9]. Adoraria ir à sua casa quando você estivesse dormindo, para que seus cílios não piscassem na moldura. Não penso em mais nada, além de em você e somente em você e em nada

7 Citação dos versos *"So laßt uns wieder von der Liebe reden, wie einst im Mai"*, do poema *Allerseelen*, de Hermann Gilm zu Rosenegg, que foi musicado por Richard Strauss.

8 A Mona Lisa foi roubada do Louvre em 22 de agosto de 1911 e encontrada em Florença no final de 1913.

9 Referência ao conto maravilhoso Rapunzel.

mais, como se você estivesse num quadro. Tão bonito como você estava ontem, estava tão bonito que teria de ser roubado duas vezes, uma vez do mundo e uma vez de si mesmo; você consegue lidar consigo mesmo da pior maneira possível, você não sabe como se expor. Garanto-lhe novamente, querido Herwarth, você não precisa se preocupar com isso, ele sequer me estendeu a mão na noite passada. Alguém me confidenciou que ele não quer entrar em atrito com você, ele é um literato. O que diz de tal covardia? No lugar dele, você teria respondido a minha carta, não teria? Vocês não precisam voltar tão cedo; anteontem, até sonhei que um urso polar encontrava vocês, viajantes do Polo Norte, e perguntava se vocês queriam tirar uma foto com ele.

Que infortúnio tenho no amor! Vocês também? Já viram Ibsen e Hedda Gabler? E já contemplaram uma paisagem diferente, como um café? Será que aí só há campos cobertos de neve e montanhas brancas e sabe-se lá o que mais? Os lapões provavelmente não darão conta, enviem-me uns groenlandeses[10].

Vocês podem rir, mas não dormi a noite inteira, uma hora estava frio; outra, quente, de repente, tempestades de outono, e nesse ínterim o sol da meia-noite de vocês brilhava. Como se setembro me macaqueasse em tudo! É que não sei exatamente

---

10 A autora joga com as palavras e se vale de uma expressão idiomática com o substantivo "*Lappen*", que significa "trapos, farrapos", mas também "lapões". No sentido de "trapo" é usada idiomaticamente como "grana, dinheiro", i.e. "a grana não vai dar"; e pede que mandem uns "*Krönländer*", alusão à Groenlândia, mas também a "*Kronen*", "coroas (moeda), e uma região histórica "*Kronland*", as terras do império austro-húngaro.

quem amo: o Eslavo ou o Bispo? Ou será que eu ainda não seria capaz de me separar de Minn? O Bispo foi nomeado Arcebispo desde ontem por mim. Mas breve o Eslavo muito sabiamente apresentará suas despedidas, seus experimentos diplomáticos comigo são democráticos. Pedi-lhe que me devolvesse a minha carta de amor, puxa vida. Afinal de contas tenho minha dignidade, puxa vida. Ele ainda não me devolveu a carta — será que vai me escrever algumas palavras! Mas em que isso muda alguma coisa, o Arcebispo fala, como sonho eu, exatamente da mesma maneira, ele também sabe como realizar meus desejos inconfessos. Ele caminha comigo em florestas melancólicas por trilhas de rosas, ou passamos após a meia-noite por ruas rachadas, que dão para o rio Spree, escuro como o olho do operário. E todos os dias recebo uma carta do Bispo, as mais belas cartas que já li, leio em voz alta com a voz do Eslavo. E como vocês estão? A esta altura já alcançaram provavelmente a região do galo de neve? Cuidado para não se resfriar, Herwarth. Principalmente, nada de nariz congestionado, eu detesto nariz escorrendo. Vocês vão voltar logo? O Arcebispo e o Eslavo se levantaram antes das onze horas e deixaram o Café. Eu gostaria de ter ido com eles, *sans façon*, mas vocês ainda não conhecem as pessoas no Café. Imaginem se agora o Arcebispo e o Eslavo contarem tudo um ao outro! O gordo Caius-Maius ficou ao meu lado à mesa, Caius-Maius, o Imperador de Roma; se ele pelo menos não falasse sempre de literatura. Enquanto trata de meus versos, ainda vai, mas quando começa a tagarelar sobre Dante e Aristófanes, que queime no inferno de Dante! Ele me confidenciou que ama Lucrécia Bórgia. Quando perguntei quem seria essa mulherzinha, ele teve um acesso de riso. Sem você, Herwarth, não dá. Você sempre me ajuda em História, também tenho vergonha de pedir a alguém para pôr as vírgulas para mim. Ontem, seu amigo, o médico, voltou ao Café com Marie Borchardt e sua amiga Margret König. Ela também é atriz, sabia disso? É encantadora! Enviei-lhe um bolinho de chocolate e um cigarro na caixinha de cigarros vazia do Eslavo. Tem uma bela silhueta. Está sempre lá, uma ninfa dourada, em meus pensamentos coloridos e ondulantes. Foi por isso que esta noite fui de novo à palestra de Marie Borchardt, não para ouvir meus poemas, mas por causa de Margret. Fiquei, contudo, muito surpresa com a leitura de Marie, é uma oradora italiana, fala com entusiasmo; em sua voz ressoam flores de vidro venezianas, e rendas legítimas dos palácios crepitam sob suas palavras. Em seu vestido de terracota e com seu turbante com franja de ouro parecia uma pequena princesa dos Doges. Se eu conhecesse um Doge, eu a teria sequestrado em uma gôndola. Mas será que sou a única pessoa para quem as mesmas coisas acontecem todos os dias? Você sempre diz que eu não deveria me incomodar com as outras pessoas, mas os processos artísticos me encantam na vida tanto quanto os inartísticos me irritam. Acho que já são doze horas; na verdade, hoje estou com muito medo de pôr os pés sozinha no corredor de meu apartamento. Estou nervosa. Não serei capaz de manter minha palavra e de me deitar antes do amanhecer. Vou dormir na casa da senhora da bilheteria da estação de Halensee em seu canapé velho e desbotado. Ela me conta, enquanto ainda está escuro, a respeito de seus amantes. Boa noite, Herwarth, querido Kurtchen!

Há duas noites não passo no Café, sinto um certo desconforto no coração. Dr. Döblin, do Urban[11], veio com sua adorável noiva me dar um diagnóstico. Ele acredita que tenho um problema na tireoide, mas na verdade eu estava mesmo era com saudades do Café. Ele, todavia, insistiu em remover a tireoide, que indiretamente pressionaria o coração; eu poderia ficar um pouco cretina, mas uma vez que sou tão esperta, conseguiria recuperar meu equilíbrio. Confessei também que quisera me matar abrindo o gás por causa de meus dois amigos, mas o gás, fora, no entanto, desligado; retiraram o gasômetro inteiro. Eu não tinha como pagar a conta do gás. Nem mesmo com o leite eu poderia me afogar, Bolle[12] não o traz mais. Como é que vou voltar ao Café sem ficar vermelha? Uma pessoa como eu teria de manter sua palavra. Vou inventar uma história para os dois, o Bispo e o Eslavo, para que pensem que você vai tomar um susto daqueles.

---

11 *Klinikum Am Urban* (sigla KAU, nome oficial *Vivantes Klinikum Am Urban*), hospital no bairro berlinense de Kreuzberg, fundado em 1890, onde Alfred Döblin trabalhava.

12 Empresa de laticínios em Berlim à época.

(II)

Queridos Rapazes,

Vocês acreditam que eles não estavam mais lá quando cheguei, animada, ao Café às 12 horas? Mas seu amigo, o doutor, estava sentado e cantava para si mesmo, às vezes tão alto que quase esquecia onde estava. Sua voz é mítica, olímpica, uma cratera fumegante, e pode trovejar como a palavra de Zeus. É absolutamente contra a arte estarmos bravos um com o outro.

Sabem quem tocou a campainha hoje praticamente de madrugada? — Fridolin Guhlke. Ele diz estar apaixonado, que encontrou seu primeiro amor; isso aconteceu há três anos, quando ela tinha treze. E ele não enche mais a cara, seu objeto do desejo parece portar uma auréola em volta da cabeça. Além disso, ele diz que nunca mais vem ao Café, e eu tive de prometer ser tão ascética quanto ele. No fundo, todos consideramos o Café o diabo, mas o que seria da vida sem o diabo? Estou curiosa para saber quanto tempo Guhlke pode aguentar sem o diabo. Às vezes as coisas esquentam um pouco por lá, quando uma plebeia vestida para matar se aproxima e diz grosseiramente para sair do caminho, seus seios cobertos por uma capa de renda e, cheios como a lua, não passariam. Tive vontade de dar-lhe um tapa no pé da orelha, quando ela foi buscar na sala de bilhar o marido, que se aproximara de mim na companhia dos saduceus e caldeus galegos[13]. Mas fiquei calada; odeio me misturar com mulheres que falam alto e gritam. Logo depois, dois policiais vieram me interrogar. Mas Richard me escondeu entre os jornais; esse é meu lugar agora. Em seguida chegou nosso diretor Wauer, ele teria gostado de assistir à cena. Eu o recompensei. Ele realmente ainda não conhecia os atores do Parque Luna egípcio. O dromedário trotava, naquele instante, pela grande janela do café; vinha do veterinário, estava com dor de estômago. Eu anseio por Hassan[14], não era ele quem se casava. O que me faz lembrar agora, Kurtchen, Herwarth esqueceu os lenços dele, empreste-lhe uns dos seus. Você os receberá lavadinhos de volta. São 4 horas; ainda está bem claro. O diretor Wauer encabeça nossa pequena caravana em um carro.

Querido Herwarth e Kurt querido, fiquem o tempo que quiserem; estou muito feliz que já descansaram, e também com as belas e interessantes

---

13 Não se trata da Galícia ou Galiza ibérica, mas sim da homônima Galícia, nome histórico de uma região que se encontra no oeste da atual Ucrânia e sul da Polônia, onde sempre havia à época uma grande população judia. Os saduceus eram uma seita religiosa do judaísmo composta de ricos aristocratas e sacerdotes com grande autoridade e que se opunham a influências externas no judaísmo, mas tinha grande habilidade política. Os caldeus são um dos povos da Antiguidade que dominaram e habitaram a porção sul da Mesopotâmia conhecida como Caldeia (atualmente Iraque, Síria e Turquia). São citados na Bíblia como os destruidores de Jerusalém que, sob o comando do rei Nabucodonosor, levaram o povo judeu para o "cativeiro babilônico" (exílio).

14 Personagem da obra *Die Nächte Tino von Bagdads*.

paisagens dos cartões postais. E que distinto o túmulo de Ibsen, um pilar na linguagem dos hieróglifos, uma pirâmide nórdica. Ontem, o Arcebispo também me mostrou meu monumento. Seria muito bom se a torre indiana do Parque Luna pudesse ficar sobre meu corpo algum dia. Fui tomada de pavor, mas, ao mesmo tempo, baixei a cabeça solenemente em reconhecimento à honra que me fora concedida. O Bispo é o jardineiro da palavra, fala com uma calma inalterável que me conforta. Diz inclusive que só fala assim comigo, de maneira tão inalterada e cuidadosa, e eu não sei se ele me toma por uma delicada espécie de planta ou por um tigre. Quando encontramos o Eslavo à noite, ele nos ignorou; age de forma bem antiquada como se fosse um ser sublime, é um jovem de alma velha. Quando se é assim, não se pode experimentar nenhuma estação do coração, nem mesmo o inverno, tal como alguém infantil não sabe nada da primavera. Oh, e a transformação é tudo no ser humano; o Bispo e eu estamos brincando de primavera agora. Peter Baum concordou totalmente comigo que é preguiçoso demais para se transformar. Ele manda lembranças; seu romance sobre o período rococó[15] está quase pronto, estava praticamente concluído seis meses atrás. Adeus, queridos companheiros!

Caius-Maius, o Imperador, sentou-se misteriosamente a minha mesa, quando Peter Baum se afastou por um momento, Caius queria me perguntar uma coisa. Quero perguntar uma coisa a você, Else

15 Refere-se ao livro de Peter Baum *Kammermusik. Ein Rokokoroman*, de 1914.

Lasker-Schüler, preste atenção! Trata-se tanto de meu futuro literário quanto material. Será que o sr. Walden se ressentiria se eu publicasse pela editora de Capuletti em Florença? Kraus está acima dessas coisas, mas em uma dessas situações no passado Walden solicitou ao sr. D. que se manifestasse a respeito. Eu lhe respondi, Herwarth, que ele superestimara minha relação com você. Eu sequer seria office-boy no seu escritório, mas me candidataria ao cargo de secretária, e levaria seu caso a ele. Eu sou tão idiota assim? Francamente, eu gosto terrivelmente de Caius-Maius, é um anjo adulto, excêntrico, de bochecha gordinha, um bacante piedoso em traje dionisíaco; preservou seu senso de humor mas, em vez de um cacho de uvas, usa um colarinho branco em volta do pescoço. Como as pessoas mudam, o que a literatura faz de um ser humano! Mas com toda a seriedade, Herwarth, você vai ficar chateado com ele? Só digo uma coisa: se você não publicar mais nenhum trabalho dele, não escreverei mais nem uma palavra. As únicas coisas de que gosto são as coisas de Caius-Maius. Quando Peter Baum voltou a nossa mesa, a *signorina* Marie e Margret entraram pela porta do café. Eu disse que Margret estava parecendo um pequeno vagalume, e Peter Baum caiu na gargalhada. Mas Caius-Maius continuou a nadar extasiado pela literatura como uma baleia. De sua cabeça um chafariz lançava jatos de água entrecruzados. Fomos cedo para casa, Herwarth, palavra de honra! Chegou mais uma carta de Viena, do Dalai Lama, eu a coloquei com as outras cartas, cartões e material impresso em sua calça five o'clock.

Querido Cook e querido Peary[16], preciso contar um segredo a vocês: ontem à noite, o céu era uma mistura de azul acinzentado e estrelas, eu e o Bispo fomos a um bar na Mommsenstraße. Mas eu não tinha mais dinheiro, só o suficiente pra pagar um copo d'água. O Bispo, porém, entorna bem; ele queria mesmo um vinho da Borgonha, um Borgonha branco. Disse que corria vinho Borgonha branco por seu coração e queria me declarar seu amor puro através do buquê do vinho. Mas eu lhe disse que estava sem dinheiro. E ele ficou tão arrasado por eu não querer aceitar nada dele. Vocês acham que eu deveria ter bebido o Borgonha com ele? Ou licor *Goldwasser*? Vou confessar a vocês que bebemos *Goldwasser*; foi a primeira vez que deixei alguém pagar a conta pra mim; havia uma delicadeza em seu gesto, às vezes ele levava o copinho finamente cinzelado aos meus lábios, como se faz com uma criança. Desde então amo o Bispo e permiti que beijasse meus cabelos; ele diz que exalam perfume de lavanda.

---

16 Referência aos exploradores do ártico norte-americanos Frederic Cook e Edwin Perry.

(III)

Queridos Rapazes,

Agora já não tenho mais ninguém a quem contar tudo isso, voltem logo! O Peter Baum é uma ovelha, está sempre pastando no prado da mãe dele e nunca consegue se desvencilhar do Hans ou de um outro primo de Wuppertal. Ou sua irmã não o deixa sair, ou Matja, sua esposa, voltou de viagem. Sem Peter Baum não posso viver. Nunca me repreende, acha que tudo que faço combina comigo. Mas de você eu tenho medo, querido Herwarth; preferiria uma bofetada ao seu rosto severo. Essa predileção eu já tinha na escola. E prefiro, em sua ausência, enviar essas cartas a você e a Kurtchen, no endereço de sua editora. Você diz que não está certo, mas tudo é possível, se a pessoa quiser. Peter Baum também não vê nada de mais. Ontem esperei por ele o dia inteiro; escrevi três vezes a mesma carta pra ele; a primeira, enviei para seu primeiro apartamento; a segunda, para seu segundo apartamento; e a última, para o apartamento da mãe dele em Friedenau. Em dialeto de Wuppertal: "Caro Pitter Boom, essa é a urtima veiz que vô ti iscrevê: tu vem ou tu num vem, seu véio[17]. Eu tenho tanta

17 Refere-se à personagem *Großvatter Wallbrecker*, da peça *Die Wupper*, de Else Lasker-Schüler.

coisa pra ti contá, num sei u qui fazê com tanto amô. Num sei qual dos três omi eu amo, o Fridirico, o Guilerme[18] ou o Prussiano do Leste. Ocê tem que me ajudá a pensá, sua mula. Cê nasceu pra quê? E mi empresta aí uma graninha porque num tenho mais batata em casa e nada pra modicumê. Eu devolvo a grana assim que o povo incená a minha peça trágica "Die Wupper"[19]. O diretô Reenhardt mi prometeu que vai incená; mais só se o véio do primeiro ato num morrê primeiro; ele tem pobrema com o clima, cê sabe. E o Döktor Rodolf Blömmer do Tiatro Alemão vai tê de fazer o papér, mas o que que eu vou fazê si ele fizé as gaiatice dele e eu num pudé nem oiá pruquê nóis vai ficá zangado. Ocê num tem pena di mim mesmo, coisa ruim? Cê vem ou num vem? Vem logo, sô. Sua Amanda".

Imaginem só que ele viajou pra Hiddensee com a irmã Julie. A mulher, Matja, mora na Hohenzollerndamm, com a amiga Jenni, Peter Baum deixou seu romance na antiga Ringbahnstraße. Os homens que estão colocando o papel de parede já lambuzaram a metade das folhas para colar por debaixo do papel de parede novo. Mas não temos nada a ver com isso! Você foi buscar a carta na agência do correio em Christiania[20], que-

18 Frederech e Willem são personagens da peça *Die Wupper*.

19 Peça em cinco atos de Else Lasker-Schüler, publicada em 1909 e encenada em Berlim em 1919. Leva o nome do rio que passa pela cidade natal da autora. Estilisticamente, pertence ao expressionismo. Sua linguagem formal é variada e idiossincrática. O primeiro drama da poeta trata de contrastes sociais e religiosos no meio industrial de Wuppertal. Não há um desenvolvimento rigoroso da trama, as cenas são encadeadas de forma repentina e atmosfericamente condensadas. Os destinos dos membros da família Sonntag, de empresários, e da família Pius, de trabalhadores, são usados para retratar a falta de relacionamento pessoal e a insensatez da vida.

20 Antigo nome da capital da Noruega, hoje Oslo.

rido Herwarth? O que você acha de a sua pantomima[21] ter sido bem recebida em toda Luxemburgo? Desde então eu canto: Eu sou o conde de Luxemburgo[22] e torrei meu dinheiro todo, todo.

Queridos Meninos, tenho de contar a vocês rapidinho algo terrivelmente doloroso, o Marroquino foi sequestrado por uma desclassificada.

Herwarth, ontem um monstro com cachos postiços ruivo-alaranjados veio ao Café e aparentemente esperou por você até a meia-noite, Herwarth. Nem tente negar, você a conhece; ela falou com o mesmo tom de voz que você, aliás com todo o seu jeito de se expressar. Depois foi à cabine telefônica; as testemunhas e eu a ouvimos ligar para o nosso número, mas sua secretária já tinha provavelmente ido embora, pois o monstro batia o pé no chão com tanta raiva que a porta de vidro da cabine tilintava. E só íntimos batem o pé assim! Seria uma maldade de sua parte me trair. Alguém no Café viu quando ela lhe presenteou por debaixo da mesa um de seus cachos ruivo-alaranjados artificiais. Mas o que eu ainda queria dizer, hoje de manhã Minn esteve aqui em meu apartamento; carregava em seus invejáveis ombros um grande cesto de viagem para nele me levar para Tânger. Vou refletir ainda sobre o Bispo; claro, se ele me amar de verdade, não posso ir embora, não é mesmo? Mas tem mais uma coisa: ninguém é tão

---

21 Refere-se à peça *Die vier Toten der Fiametta*, de Herwarth Walden.

22 Refere-se à opereta homônima de Franz Léhar (1909), em que há um verso com esse conteúdo.

fã de sua pantomima quanto o Arcebispo e o Eslavo. Então, você e o Kurtchen podem ficar mais um pouquinho aí no Polo Norte.

Querido Herwarth, saúde, Kurtchen, ontem eu e minha Rosa quase fomos assaltadas!! Ela estava consertando minha saia. Foi o seu Willy, que parecia tão inofensivo. Ela tem escrito ultimamente as mesmas cartas pra ele que eu lia em voz alta pra você e pro Kurtchen. Cada coisa que temos de passar! Eu também estou mal financeiramente. No Café estou com muitas dívidas; com o maître do meio-dia: faisão com arroz e molho de maçã; com o garçom da noite: um bife de vitela com batatas coradas e *cranberries* e sorvete de baunilha, um total de 50 centavos. Martha Helmuth, a feiticeira Hellmüthe de meu livro *St.-Peter-Hille*[23], me emprestou 10 centavos para eu voltar para casa, senão não poderia ter cumprido novamente minha palavra com você. E depois veio Caro, o advogado; ele é um perfeito *gentleman*, me deu dez marcos, dizendo que estaria devendo a você. Quando terminei de comer o salmão ao molho de manteiga, ocorreu-me que aquilo fora uma desculpa elegante da parte dele. Não ter dinheiro é certamente desastroso. Ter apenas um pouco de dinheiro é ainda pior, não estou acostumada a viver em miniatura. Não se preocupem comigo, enquanto eu tiver algo para penhorar no caso de uma emergência — o Creso[24] de vocês.

---

23 O livro de Peter Hille — *Das Peter-Hille-Buch* foi o primeiro livro em prosa de Else Lasker-Schüler, lançado em 1906.

24 Último rei da Lídia, reino que existiu na parte oeste asiática da atual Turquia, e conhecido por sua riqueza. Em algumas línguas seu nome tornou-se sinônimo de pessoa muito rica.

(IV)

Queridos Rapazes,

Höxter suspeita de minha paixonite por Hassan, ele me trouxe dois cartões postais da exposição egípcia do Luna. Meu sultão está sentado em um camelo em uma paisagem de palmeiras. Pra onde será que a ladra o arrastou? Você, aliás, mandou fazer um clichê do desenho que Höxter fez de mim? Ele vai ser publicado na *Der Sturm*[25]? Nele eu pareço mesmo o príncipe guerreiro de Tebas, já a esfinge no segundo plano é uma mulher de verdade. (Senão eu não vou escrever nem mais uma palavra para *Der Sturm*). Höxter e eu estamos sentados sozinhos no jardim da frente do Café; ao sol, ficamos delirando que somos descendentes de beduínos, ele e eu sempre sentados em um nobre cavalo árabe, por isso jamais poderemos cair totalmente em ruína. Somos da tribo dos Melechs[26] e, em nossos pensamentos, combatemos outras tribos. Sou grata a Höxter, ele me contou uma história fantástica, a irmã dele se chama Schlôme.

25 *Der Sturm*, A Tempestade, revista vinculada ao Expressionismo alemão e publicada em Berlim de 1910 a 1932, sendo a mais influente deste movimento. Fundada pelo poeta e crítico de arte Herwarth Walden em 1910, que popularizou o termo Expressionismo, criado para caracterizar toda a arte moderna que se opunha ao Impressionismo. Walden abriu ainda uma galeria de arte homônima (1912), divulgando em seu primeiro ano o grupo Der Blaue Reiter de Munique e os Futuristas italianos. Entre seus membros estavam Max Beckman, Lyonel Feininger, Barlach, Oskar Kokoschka e Egon Schiele.

26 Palavra hebraica que significa rei מלך.

Sabem quem esteve ontem em minha casa? A ex-imperatriz Eugenie! Abri a porta do corredor com muito medo, pensando que era o oficial de justiça. Sua majestade me prometeu escrever para a minha prima, que é milionária por parte de sua irmã gêmea.

Querido Herwarth, nobre Kurtchen, há dias que estou empenhada em que Karl Kraus, o Dalai Lama em Viena, seja também ministro. Não consigo imaginá-lo em nenhum outro lugar que não sentado em uma cadeira imponente. Como as pessoas são lerdas e monótonas, ele já poderia ser ministro há muito tempo. Será que eu seria a poeta da corte com um apanágio? Mas isso não é o mais importante. Eu já teria trazido à baila essa questão do Dalai Lama há muito tempo, mas as pessoas, como sempre, não só sorriem entediadas com o que eu digo, como tampouco conseguem pegar o fio para compreender minhas irônicas palavras. Só o ministro gosta de meus saltos, ele é sério o bastante.

O pequeno Jakobsohn encomendou 22 números da *Die Fackel*[27]; eu bem que disse pra você, Herwarth, ele não é tão mau assim, *Der Sturm* ainda vai arrebatá-lo. Divirtam-se, vocês dois, não se preocupem por causa do meu dote, tenho diamantes e pérolas — e uma miríade de versos — feitos pra você.

---

27 Revista satírica publicada por Karl Kraus entre 1899 e 1936, conhecida por sua capa vermelha. É, ao lado do drama *Die letzten Tage der Menschheit*, o principal trabalho de Kraus. Ele foi por muitos anos o único editor da revista – fato a que Else Lasker-Schüler faz menção crítica em *Meu Coração*.

Hoje só posso mandar um cartão postal pra vocês; o Bispo está ao telefone me convidando para um passeio na Sibéria. É assim que chamamos a região à volta da Lützowerplatz em Charlottenburg-Sibéria. De modo geral temos as mesmas percepções acerca do mundo. Também reconhecemos os mesmos animais nos rostos das pessoas. Ele ama gatos, eu não. Vou lhe perguntar hoje se ama os gatos mais do que a mim. Tais perguntas o tocam e deixam-no feliz. Faço-lhe muitas perguntas fatídicas em francês, como se ele fosse meu governante. É um alívio quando de súbito todos os pensamentos responsáveis e sentimentos incrustados escorregam dos ombros e a pessoa se torna uma marionete, guiada por um fino fio de seda. Mas às vezes sou sua bola de ouro, que ele joga carinhosamente em mãos infantis. Ou eu fico meio adormecida, embriagada por suas palavras, ele tem algo vinífero. Desde quando o conheci, vivo me escorando nas paredes pintadas de preto, lânguida. Ah, se ele não brincasse comigo! Eu murcharia na sobriedade de Berlim. Até a terra aqui está enterrada sob o asfalto; querem construir um grande dossel sobre a capital como o céu estrelado e sombrio do Wintergarten[28]; onde é que teremos de ir para ver o azul. A parte oeste de nossa cidade é a que mais odeio, os bairros proletários têm ao menos algo de aguerrido. Outro dia, estávamos na ponte que leva até a fábrica da Siemens, à noite. Quase nos beijamos, mas me furtei a seus lábios, instintivamente, nós também somos brancos demais, se enrubescêssemos ao beijar, seria como sangue, talvez como assassinato. Tenho de contar isso tudo pra vocês, amem-me por isso.

28 Famoso teatro de variedades em Berlim. O teto do teatro imitava um céu.

Queridos rapazes, hoje, quando cheguei ao Café, o Eslavo e o Bispo estavam sentados escondidos em um canto. Aparentemente, o Eslavo acha mais político não manter contato comigo em sua ausência, finge ser um homem honrado. Ainda não me ocorreu que não significo nada pra ele, mas estou farta dele; nem é tão bonito quanto quando o vi pela primeira vez, tem um rosto pouco expressivo. E sempre fica satisfeito quando alguém sofre com a perda da imaginação, já que ele não a tem. Perdi Hassan, todos os sonhos marroquinos e a meia-lua tatuada em sua narina trêmula. De longe, o Bispo me viu chorar, ele já beijou compadecido a cabeça de seu gato sagrado 23 vezes.

Hoje apresentei ao Bispo uma cantora, porque ela se parece com a fotografia talismã que ele carrega em sua carteira. Que ele agora veja seu tipo cara a cara. Acho até que ele só quer me irritar com a foto, mas agora a vingança vai ser boa. Felicitas está sempre cantarolando minhas canções, que eu conheço do oriente, em dialeto berlinense, ela é meu Nilo diluído, revezando com uma tigela de água do Tigre, em que lava suas meias. Mas usa meias de seda; o Bispo notou isso com deleite, também teceu comparações entre mim e ela. Não gostei de seu gesto, acho que não gosto mais dele. Minha psique inteira desmoronou por um tempo. Minha alma é uma bela cidade, feita toda de ouro, nada além de caminhos de palácio a palácio. E suas paisagens são infinitamente superiores às belezas de todos os outros países. Parece que adoeci de novo, mas onde? Não há mais mosaicos e me reproduzem em tijolos. Dei a mão sorrindo ao

Bispo em despedida, adeus, sr. Arcebispo, o senhor afirmou amar a cultura egípcia mais do que tudo, e esqueceu que não se pode colocar uma princesa dos faraós (nem mesmo em pensamento) ao lado de um gansinho de porcelana alemão. Foi o que eu lhe disse.

Herwarth, o prato do dia aqui em casa hoje foi frios, de novo; mas eu gosto mesmo é de comer pato e ameixas amarelas. Estava com muita saudade do Kempinski[29], apesar dos ávidos filisteus nas mesas ao lado. Por que ainda estamos ambos tão solteiros lá? No Café, não sou nem sua admiradora, nem sua companheira, tampouco sua esposa. Você é meu amante lá, o primeiro amante, e eu percebi muito bem nas duas vezes em que estivemos lá, que em você como em todos os homens se esconde o talento para ser um *bon vivant*; mas eu existi não apenas como a poeta e a Tino de Bagdá[30], não apenas como o príncipe de Tebas[31], mas também como Yussuf, o egípcio, mas posso ser também uma garotinha que pela primeira vez é levada por um cavalheiro ao Kempinski pra jantar e aprende a gostar de caviar e pato com molho de ameixas amarelas, mas ainda se estremece horrorizada ao ver o *escargot* na concha aberta. Você ainda se lembra do medo que sentíamos de que algum conhecido nos visse — nosso relacionamento. Bebi vinho tinto de seu copo e você me fez elogios acerca de meus tornozelos finos. Você me prometeu com-

29 Famoso hotel em Berlim.

30 Alter ego poético de Else Lasker-Schüler que aparece em *Das Peter-Hille-Buch* (1906) e *Die Nächte Tino von Bagdads* (1907).

31 Alter ego poético da autora, que aparece aqui pela primeira vez, mas que será retomado no livro *Der Prinz von Theben,* composto de nove contos, editado em 1914 com gravuras de Franz Marc.

prar meias de seda e uma pena branca para o meu grande chapéu de palha. Você falou com tanta doçura comigo, principalmente porque eu estava com vergonha de escolher algo mais da seleção de geleias. E realmente esqueci que eu era sua esposa e zombava do seu dragão, e de sua fronte sinistra. Mas nunca vou esquecer de seu rosto perplexo; pois eu sabia que você jantara frequentemente com garotinhas no Kempinski, que zombavam da fanática testa galileia de sua esposa. Isso sempre era suficiente para distraí-lo de suas namoradinhas, porque você foi rude e ficou irritado comigo por eu ter insultado sua "esposa". E, como eu fiquei sabendo, você esteve lá de novo recentemente, em uma festinha; seu amigo, o médico, trouxe sua garotinha sorridente com ele. Por que você não obrigou Kurtchen a convidar o médico para viajar para a Noruega também? Ele parece exausto e irritado. Não há ninguém mais necessitado de um amor mais atencioso do que o médico, de que "nosso" médico, já que eu e ele terminamos de vez. Por muitos anos enviei flores para rapazes que se pareciam com ele.

Queridos Exploradores do Polo Norte, Wauer, o diretor, recebeu um telegrama de Elberfeld[32] esta manhã. A cidade de Elberfeld o informou que o orfeão de Wupperthal lhe fará uma serenata porque ele está encenando a minha pecinha. Meus conterrâneos gostam mesmo de mim! E uma delegação de tintureiros, fabricantes de botões, cordoeiros e de

32 Cidade próxima a Wuppertal. Hoje é um bairro da cidade.

duzentos tecelões entregará um álbum de fotografias das montanhas a nosso diretor. Sou uma grande fã do diretor Wauer.

Meus dois queridos. Como é que Richard Weiss soube em Viena da apresentação da minha peça? Ele me enviou rosas hoje. Gostaria de vê-lo um dia. Em seus escritos todos os seus poemas são como pinturas, alguns são árvores curvadas, mas estruturas de cúpulas magníficas também se erguem às margens. Sim, sua escrita tem margens e rios, ondas sagradas que exalam perfume de preces. Sua escrita é perfumada. Alguém me revelou que ele é esbelto, tem cabelos castanhos e seu olhar expressa dor, e que, como eu, penteia o cabelo para o lado. Quando penso nele, sinto sempre muita emoção: eu queria ser um palhaço e ele uma cobra, eu lhe ensinaria a dançar.

Querido Herwarth e querido Kurt, ah, tive um sonho tão estranho esta noite! Estava deitada em uma maca no meio de uma praça, envolta em um pano largo e silencioso, como em um mar — e estava morta. Às vezes você vinha até mim, Herwarth, e levantava o mar de meu rosto e apontava para a minha testa. E o número de pessoas que zombavam de mim era semelhante ao número de dias que eu havia vivido. Eu já começava a ficar irritada por causa de sua inocência, porque sempre odiei o dia, esse curioso impertinente. Mas quando a noite chegou, pedi a você que presenteasse meu amor a três princesas. Você me prometeu de maneira solene enviar a pulseira que eu usava enquanto escrevia meus poemas à Vênus do Sião. Você me disse várias vezes, com voz clara, que entregaria meu anel com o pôr do sol engastado a Ruth, mulher do gentil advogado que sempre canta canções sobre o mês de maio. Você me jurou que colocaria meu coração de rubi no pescoço de Nora da Índia, a pantera branca, meu verdadeiro Absalão[33], meu fiel companheiro. Chorei, chorei de maneira tão descontrolada; ouvi o mar se elevar ao meu redor. E temi que seu dedo fosse aprisionado quando se elevasse sobre o local em que eu estava deitada, o claro sinal que apontava para minha testa. Estávamos sempre esperando por algo — Zeuxis[34] Kokoschka passeava atrás do Dalai Lama; e Loos, o arquiteto gorila, carregava em suas mãos meu cofre de madeira branca do Líbano, simples, como me convém, mas rico demais para o gosto fútil das pessoas. E uma luta eclodiu em torno da casa de meu corpo; moldes de gesso e esculturas foram colocadas na fachada de meu templo. Mas eu não tinha mais como lutar, já havia me afastado da vida cotidiana e brincava com o tempo inexorável. Os olhos do Dalai Lama, azuis, mirras suaves, me embalsamaram; Zeuxis, por fim, me pintou na morte. E você, Herwarth, beijou minha testa, uma sinfonia de órgão ergueu-se até mim; nunca pude ser comparada a outras pessoas; sempre só pude ser o que os outros viam em mim, já que minha testa era o céu noturno. Você sabia disso.

33 Terceiro filho de Davi, vingou a morte de sua irmã Tamar, matando seu irmão Amnon.

34 Pintor grego do séc. V a.C.

(V)

Queridas Renas. Estou tão ansiosa para ver seus chifres! Mas logo vi que vocês não iam sair tão cedo dessa região cheia de trenós. E, portanto, abreviei minhas cartas pra vocês. A propósito, já recebi por isso muitas mensagens de pesar; portanto, fiquem por aí, congelem mais um pouquinho. É isso mesmo, vou começar a guardar minhas cartas pra vocês e depois publicá-las com o título de "Cartas do coração, o único manual verdadeiro para elaboração de cartas de amor, protegido legalmente". Prefácio: todos os manuais de cartas de amor previamente existentes provocam náuseas e dores estomacais. E a capa terá de ser produzida por um fabricante de porcelana, um casal entre estampas de cebolas coloridas. Oesterheld e Cohn dizem que essa é minha primeira ideia sensata, o único a ficar indignado foi o editor deles, Knoblauch. A editora ainda não se recuperou do fiasco de minha peça *Die Wupper*. E o que vocês dizem disso — o moleiro que mói moinhos devolveu meu manuscrito *Ensaios de Munique*, "realmente eles são muito bonitos, mas o público não está interessado nos nomes". Eu acho, todavia, que Julius Lieban, Emmy Destinn, Tilla Durieux, William Wauer, Paul Lindau, Friedrich von Schennis, Peter Baum, São Pedro Hille, Karl Kraus, Adolf Loos, Oskar Kokoschka, Dr. Adolf Kerr, Maupassant[35] etc.

35 Escritores e escritoras com quem Else Lasker-Schüler publicou na *Der Sturm* e/ou em outras revistas.

não são pessoas desconhecidas. Além disso, todos os meus ensaios foram publicados nas principais revistas e jornais, e isso deveria ser um parâmetro para o sr. Müller, o moleiro que mói moinhos.

A sua azarada.

Herwarth e Kurt!

Preciso contar hoje à noite mais uma coisa muito estranha, acabei de encontrar Stefan George no escuro. Ele usava um casaco de veludo preto e deixava seus ombros caírem como se estivessem cansados do peso da asa. Gritei bem alto. Vi um arcanjo, como aquele pintado nos quadros de Dürer.

Querido Herwarth e generoso Kurt, estou farta do Café, mas não quero dizer adeus a ele para sempre, nem entrar lá com uma carroça de ciganos. Ao contrário, ainda vou passar lá muitas vezes. Ontem o dia inteiro a porta não parava fechada, parecia um bazar oriental; nem tudo lá é mercadoria verdadeira: imitações de poetas, falsos enfeites verbais, pensamentos simulados, fumaça de cigarro sem propósito. O advogado há tempos não vai lá. O que é que leva alguém ao Café! Um cadáver é levado ao andar de cima todas as noites; ele não consegue descansar. Por que será que as pessoas querem morar em Berlim? Nesta cidade fria e desagradável. Berlim é um relógio irrefutável, ela zela pelo tempo, sempre sabemos a quantas anda a arte. E eu gostaria muito de perder a hora.

Crianças, estou terrivelmente entediada, todos os meus amantes me foram infiéis. Sinto-me um pária, quando adentro o jardim de entrada de nosso Café. Eu não suporto mais o Eslavo. E o Bispo é valioso demais para eu brincar com ele; se ele aguentasse o jogo! Mas quem pode suportar o salto de cabeça e de coração! Minn degradou-se por causa daquelas desclassificadas; não sei mesmo se ele ainda está aqui em Berlim. Por dentro estou como um porão, como a Sibéria inodora. Estou tão sozinha; se estivesse pelo menos solitária, sobre isso poderia escrever poemas. Depois disso, nada mais acontece, sou a última nuance do abandono. Se ao menos alguém me dissesse algo doce! Se ao menos eu fosse uma abelha e pudesse produzir mel! De que me servem suas cartas e cartões postais gentis! Conheço você e você me conhece, não podemos mais nos surpreender, e só sei viver de milagres. Invente um milagre, por favor!

Ontem à noite eu estava no Wintergarten com o pintor Gangolf. Gosto muito de ir ao teatro de variedades com ele. Ele não debocha, arregala os olhos como uma criança. Às vezes o romantismo nos acomete — então ele olha furtivamente para o cravo ou rosa ou dália com a qual minhas mãos estão brincando. Eu a empurro então, sem razão, para o seu colo. Nossos favoritos foram os dois palhaços cantores, um dos quais com a máscara branca de Kubeik, atrás da qual aparentemente ele mesmo estava escondido. O segundo, disfarçado de Rubinstein, atuou como o próprio Rubinstein teria atuado. Sim, sim, você precisa se tornar um palhaço para se comunicar com o público e — esse é o caminho para que eles entendam. Já lhe disse há muito tempo, Herwarth, que eu farei o papel de Aujuste, e por isso uso o bico de ganso para falar como meu faquir[36] e meu *Ached Bey*[37] e meus poemas. Gangolf comoveu-se com isso — à noite, me mostrou, para me distrair, seu teatro de marionetes. Criou uma cidade repleta de pessoas em miniatura. Suas pinturas também são realmente moldadas pelo colorido sangue das cores. Lamentei que ele tivesse destruído seu excelente autorretrato, o homem atrás da janela, que olha por cima das torres da cidade. Ela o perdeu e ele, a cidade. Agora, queremos voltar juntos muitas vezes ao teatro de variedades. Você não se importa, né, Herwarth. Saudações!

---

36 Personagem do livro *Prinz von Theben*, de Else Lasker-Schüler.

37 Referência à personagem e ao conto de mesmo nome no livro *Die Nächte Tino von Bagdads*, de Else Lasker-Schüler, publicado em 1907.

(VI)

Queridos Esquiadores. Ou vocês não estão esquiando? Como posso fazer perguntas tão superficiais, apesar de estar extremamente preocupada por não saber onde vou conseguir publicar meu manuscrito. Tenho de alimentar uma família, quero dizer meu Paul com todos os seus apelidos carinhosos. Agora ele quer uma locomotiva com quatro ou 40 volts de energia elétrica ou um motor a vapor de 50 cavalos de potência que dá conta de lidar com 100 metros cúbicos todos os dias. Não peço mais que ele reduza suas demandas; ele se irrita com minha ignorância em questões técnicas. Acredito que ele seja Edison, e vai esperar apenas *um* mês no máximo, até eu abrir uma loja e vender tudo por um centavo mais barato. Talvez ele tenha razão! Também rejeita meus livros e diz que copiei minha peça de Schiller. Vocês têm de ver seus modelos para seu novo dirigível, ele me explica incansavelmente tudo sobre hélices. Amanhã tenho de saber tudo de cor. O que foi que eu pari!! Onde posso conseguir publicar meu manuscrito logo? Procurem aí um editor norueguês novo e arrojado. Esta tarde, Paul vai sair com o gigante Caro[38], ambos têm uma namorada juntos.

---

38 Siegfried Caro, filho do casal Hugo e Elfriede Caro, amigos de Else Lasker-Schüler. Esse personagem aparece em outros escritos e na correspondência da autora como Hyne Caro(lon).

Queridos Rapazes. Visitei a sra. Franziska Schultz. Seu orfanato para recém-nascidos está decorado como para a Páscoa. Cheio de ovinhos de Páscoa de açúcar vermelho-rosados, lado a lado, entre almofadas brancas. É tão encantador de se ver, e há também um pintinho preto entre elas — um bom exemplo de arte em preto e branco. Me deu vontade de ser criança de novo. Às vezes eu gostaria muito de ter apenas quatro anos de idade e que alguém me levasse para passear. O tempo urge, o tempo mata. É por isso que se deve voltar à infância com frequência.

Só tenho uma coisa a dizer a vocês esta noite, Berlim é uma cidade pequena, a cada dia encolhe mais e mais. Uma cidade só é grande quando se tem uma perspectiva ampla a partir dela. Berlim tem apenas um olho mágico, um gargalo, geralmente fechado, que até sufoca a imaginação. Boa noite.

Caros Irmãos. Estou indignada, o Pitter Boom, que tornei famoso na *Der Sturm*, me escreve o seguinte cartão postal, palavra por palavra: Cara Tino. Herwarth tem razão. Apesar de achar que tudo combina com você, comigo nem tudo combina. Por último, rogo-lhe deixar minha família de uma vez por todas de fora dessa história. Eu leio toda semana a *Der Sturm*. Muitíssimo obrigado pelas cartas em dialeto de Wuppertal ali publicadas. Vou ficar um pouco mais aqui, longe da redoma do café. Saudações de Hiddensee. Peter Baum".

Dá pra acreditar nisso? Digam algo, nem que seja com sons aí do Polo Norte. Eu preciso disso para esfriar minha raiva. Mas eu sei algo que vocês não sabem. Mas jurei não falar mais nisso, apesar de me afetar pessoalmente. Por que se defender, se você nem deveria suspeitar de si mesmo? Estou muito triste por não poder contar a ninguém. Ah, se ao menos alguma criatura me obrigasse a fazê-lo! Ou se pelo menos Peter Baum viesse e eu pudesse gritar aos quatro ventos. Vocês não estão curiosos?

Caros Camaradas. Meu juramento tornou-se uma ideia compulsiva, ou melhor, eu não consegui reprimi-lo. O maldito Caius-Maius me encontrou hoje no *Spittelmarkt*, onde fica o Krögel[39], e disse que eu parecia estar deprimida. Sua mãe (Dr. Hiller tem uma mãe muito jovem e adorável) achou, todavia, que eu parecia bem. "E eu estou mesmo, nesse momento, estou nas nuvens, e não posso dizer a ninguém o porquê. Minha prima Teresa, que mora na Tiergartenstraße, me enviou duzentos marcos na semana passada. Mas não era para eu comprar um casaco de capuz para mim!" Mãe e filho me prometeram não contar a ninguém. Aliviada, então, sentei-me às margens do Spree com o resto dos 200 marcos. Todas essas coisas práticas e desnecessárias que comprei para meus milhões — pelo menos o casaco com capuz eu ainda teria! As pessoas todas não deveriam me pagar tributos? O Krögel é um lugar justo, o Krögel é o local mais bonito em Berlim; é assim que imagino os fiordes da Noruega, como a vista bruscamente repentina e inesperada do Spree, no final do velho beco aperta-

39 A rua Am Krögel era uma das mais antigas de Berlim e existiu desde a Idade Média. No início do século XX era um local de moradia de pessoas de baixo poder aquisitivo. Foi demolida em 1935. Desde o ano 2000 existe uma rua particular de mesmo nome perto do local original.

do e decadente. Às margens dos fiordes só deve haver algumas bandeiras esvoaçantes — aqui os carrinhos de sorvete, listrados de azul e branco, com sucos de framboesa e aspérula congelados para as crianças pobres, ficam parados durante a noite. Se vocês virem uma rosa, digam que mando lembranças[40].

Por que nunca mais falei com vocês sobre o Bispo? Ele diz que eu só sei falar de mim. Acredito que ele está farto. E, no entanto, descobriu apenas uma pequena aldeia em mim, nem sequer conquistou uma das minhas cidades. Sempre esteve a 100 mil milhas de Bagdá. Mas quem é que conhece meu coração? Todos preocupam-se apenas com o mapa. Estou entre o mar e o deserto, um mamute. Minha estrutura é aterradora e elegante. Por favor, não se assustem. Mas eu realmente tenho de tentar parar de falar de mim mesma, como Kokoschka em Viena, que por isso não fala mais nada. Pense um pouco, Herwarth, o cartaz da Nova Secessão estava no Café. É a esposa de Pechstein. Ela é índia, de verdade, a belíssima filha do abutre vermelho; ela é pitorescamente selvagem, usava uma túnica roxa com franjas amarelas. E muitos outros pintores estavam no Café hoje: Berneis, Ali Hubert, o pintor de céus, e Fritz Lederer. Ele é o filho de Rübezahl[41]. Ele e sua recentíssima esposa me mostraram o apartamento novo; tive de tomar chá com eles. Pelas frestas da porta de seu ateliê, soprava um vento glacial. Ele só pinta

---

40 Inspirado em um poema de Heine (*Leise zieht durch mein Gemüt*).

41 Trata-se de uma figura do folclore da região das montanhas Riesengebirge, entre a Boêmia e a Silésia. A autora utiliza essa figura para referir-se ao pintor Fritz Lederer, originário da Boêmia.

quadros de neve. Você pode fazer bolas de neve com a neve que fica nas montanhas do Riesengebirge de sua terra natal na Boêmia. Agora, toda noite tomo chá com eles.

Telegrama. Walden-Neiman. Noruega. Hotel *As Focas*. Hiller, Kurtz, Hoddis reconciliaram-se novamente. Else.

Queridas Crianças. Entrei no Café e mal pude acreditar nos meus olhos, todos sentados juntos, reconciliados novamente. Blaß também estava com eles, além de Golo Ganges[42]. Esgueirei-me rapidamente pelos literatos reunidos. Rudi Kurtz falava naquele instante sobre o mito selvagem da minha *Wupper*. Como é que eu pude brigar com ele! São águas passadas! Que ninguém ouse falar mal dele. *Addio*!

42 Ou Golo Gangi, pseudônimo de Erwin Loewenson (1880-1963), escritor e membro do Neuer Club, coletivo de estudantes e artistas fundado em 1909 por Kurt Hiller e Jakob van Hoddis, núcleo literário do Expressionismo.

(VII)

Hoje é o dia do santo patrono de São Pedro Hille. Um estranho me perguntou como era a aparência de São Pedro Hille. Quem me perguntou era um astrônomo que o tinha em altíssimo, luminoso conceito. Por que não faço uma peregrinação a seu túmulo no dia de seu onomástico — se eu fosse Maria ou Madalena — mas entre nós nem mesmo a intimidade das lágrimas há. Vou esperar reverentemente até que o profeta me apareça. Assim como eu espero, como disse o astrônomo, pela aparição celestial, eles esperam pelo cometa.

Mas você provavelmente não sabia, Herwarth, que São Pedro Hille um dia encontrou um anjo no campo? Quando ele me contou, seus olhos castanhos ficaram azuis celestes, e um cego, que ouvira nossa conversa, me confidenciou mais tarde extasiado que ele pôde *ver* enquanto o profeta contava a história do anjo.

Eu adoraria que ele pudesse ouvir a melodia que você consagrou aos poemas dele; ele teria gostado; e minha Bíblia, o livro Peter-Hille, ele o carregaria sempre no bolso grande do casaco e procuraria quando tivesse esquecido algo sobre si mesmo. Às vezes ele realmente esquecia que era um profeta. Temos de construir um templo para São Pedro Hille, quem teria um coração tão grande para devotá-lo inteiramente a ele? A construtora de templos. Saudações, Kurtchen.

O pintor da Secessão[43], Hernstein, acredita verdadeiramente que é o Bispo. Eu própria sou culpada por tê-lo sempre chamado de distinto cardeal judeu. Além disso, acha que minha correspondência está perdendo força, que eu não escrevo mais nada engraçado. Mas agora sei de algo que o faz rir de novo. O "verdadeiro Bispo" me perguntou se poderia me apresentar a sua namorada. Quando minhas indagações sobre a situação financeira dela não tiveram o êxito esperado, respondi a meu Bispo que eu não poderia me dar a esse luxo. Estou realmente fazendo um sacrifício, meus amigos, já que a loira risonha dele me parece uma pilantra, não posso em vão conhecer todo mundo nas minhas infelizes circunstâncias financeiras. Não é engraçado?

Hoje de manhã, Rudolf Kurtz me escreveu uma carta no estilo da época de Kleist. Mas suas linhas me revelaram claramente uma insatisfação, e foi por isso que lhe enviei, de maneira um tanto tortuosa, o telegrama a propósito da aliança Hille-Hoddis-Kurtz etc., etc. Apesar de ele ter sido breve, em seu próprio estilo compacto de escrita. Seu último ensaio (acho que foi na *Die Gegenwart*[44]) foi, em termos de conteúdo, um livro intelectual, com exatamente duas páginas. Mas o telegrama de reconciliação agradou ainda mais a Max Fröhlich, prezados

43 Associação de artistas berlinenses fundada em 1898 como alternativa à Associação de Artistas de Berlim, dirigida pelo Estado e de caráter conservador. Entre os membros da Secessão, destacam-se Lovis Corinth, Max Beckmann, Käthe Kollwitz entre outros. Seu maior expoente foi o pintor Max Liebermann.

44 Revista berlinense de literatura e artes, publicada de 1872 a 1931.

encasacados. Ele pinta da maneira como eu escrevo poemas. Por isso eu o amo de maneira inexprimível, meu amor também se estende a sua esposa, que é escultora, vocês sabiam disso? Oh, suas cores múltiplas nas paredes claras! Quem se importa com linhas; seria como rastrear os contornos das manchas solares. A imaginação radiante de sua arte lança uma gama de cores que interagem. Kete Parsenow, a Vênus do Sião, repousa sobre um fundo de seda, uma joia, no estojo dourado da moldura!

Sabem quem entrou de repente no salão quando Gertrude Barrison dançava? Minn! Mas ele entende as danças orientais melhor do que eu; só faço uma exceção a Gertrude. A última beldade das dançarinas de Barrison se move de uma maneira interessante e graciosa, e suas vestes são segredos sedosos dos tempos das perucas brancas de marquês. Todos os espectadores ficaram encantados.

Hoje encontrei o Bispo na ponte do rio Spree. Fiquei radiante com sua aparição repentina; novamente senti um medo incompreensível durante todo o dia — e meu coração mal batia. Até via cores que não existiam. Fiquei contente pelo fato de o Bispo não ter lançado mão de um método pedante para me inquietar. Ele tem um querer suave, que consegue transferir para mim, tanto quanto você, Herwarth. Entretanto, ele não entende que uma pomba esvoaçante, situada entre mamutes antediluvianos, possa ter medo. Como foi que minha alma chegou a tal estado de desamparo comovente? Pois percebi que até a pessoa mais insensível é tocada pelo meu medo. Agora, muitas vezes, finjo ter medo quando eu mesma não me aguento. No entanto, preciso aproveitar de algum modo minhas horas de sofrimento. E subimos ao eremitério do Bispo. Nas paredes, pendem ideias sombrias, imagens melancólicas. Sentei-me em uma poltrona grande e tentei não me acalmar totalmente tão rápido, e contemplei meu salvador com olhos semicerrados. O Bispo tem feições de pedra de tons quentes, os olhos são muito azuis e às vezes suas sobrancelhas endurecem. Parecem feitas de aço. Ele começou a acariciar minha mão, sabe que amo esse carinho, ainda que retribuísse com aspereza envergonhada. "Onde a Senhora se encontra no momento?", perguntou o Bispo. De fato, eu estava sentada no final de uma rua esburacada no Cairo — eu tenho quatro anos — com um avental rasgado, um barrete desbotado sobre meus cabelos despenteados e bem curtos, e meus olhos colados por milhares e milhares de minúsculos insetos. Vi muitas vezes essas pequenas crianças miseráveis sentadas à beira das valas das ruas e mendigando; "meu doce Bispo, desde aquela época sou muitas vezes uma daquelas crianças descuidadas de almocreves". Ele me deu uma piastra, era na verdade um centavo de ouro, um centavo da sorte, eu a deixei dançar na palma de sua mão; e ali ela virou um pequeno globo incandescente, até cair no chão. Aí nós nos beijamos, Herwarth; isso te incomoda? Eu me senti terrivelmente triste por fazê-lo, pensando nas muitas pátrias pulsantes que eu já deixara na minha vida, todas da cor de meu amor. Em todas elas uma gota de meu sangue me chama de volta. Agora, no entanto, no pequeno eremitério, no andar mais alto, volto a mim mesma, livre e desembaraçada. O Bispo, é claro, pensa (às vezes esquece sua nova posição) que deveria ser punido por me beijar. Pensa que você poderia prestar queixa contra ele, e isso daria cadeia, enfatizou ele vigorosamente, porque provavelmente temia minha franqueza. Que acha que eu respondi? E daí?! E pensei, Herwarth, que essa resposta fria eu aprendera com você.

Será que é apenas minha imaginação — seu médico quer preparar uma armadilha para mim. E, no entanto, não posso ser mais sincera do que em minhas cartas pra você e Kurt. Mas em várias ocasiões um conhecido do médico se sentou perto de minha mesa. Isso ainda não seria uma prova de minha suspeita, mas o conhecido parece um coelho, e uma de suas orelhas já está desgastada de tanto me escutar. Como é místico estar respeitosamente zangado com alguém. Há um ponto morto entre nós, em que nada mais pode florescer, mas oferecemos piedade ao túmulo de nossa inimizade — às vezes na forma de sempre-vivas coloridas. Pode o médico, em algum momento, ter pensado algo semelhante? Ninguém me traz notícias dele. É assim que deve ser depois da morte, nos tornamos espíritos antagônicos enquanto ainda estamos vivos. Muitas vezes, ele me aparece em papéis, às vezes como um espírito superior, sublime, que nega[45]. Como Samael[46], ele me assustou recentemente às margens do rio Spree, quando eu esperava secretamente pelo Bispo. Esbelto, ele é, sua sombra como um camafeu, ele me surpreendeu em um sonho como um dos reis assassinados por Ricardo[47]. A minha essência tem alguma semelhança com a de um

45 Alusão ao Mefistófeles de Goethe (*Ich bin der Geist, der stets verneint!*).

46 Nome de um anjo recorrente na tradição judaica, identificado com Satanás, Lúcifer.

47 Alusão à peça de Shakespeare A tragédia do Rei Ricardo III, na qual, em seu 5º ato, aparecem ao vilão os fantasmas dos reis que ele assassinara.

cão de caça[48]? Agora é o inverno de meu descontentamento[49] — eu até já passei por todos os verões terríveis. Atenciosamente, Shakespeare.

Meus dois queridos. Nosso Doutor estava sentado em um restaurante da Friedrichstraße, Herwarth. Eu só queria usar o telefone, mas como eu o vi, subi de mansinho até o mezanino e fiquei observando-o lá de cima. Estava sozinho, além dele só mesas vazias. Então recomeçou a murmurar uma canção e sua voz logo reverberava contra as colunas do salão. Não compreendo o que o impede de participar dos recitais. Ele não é, obviamente, cantor de músicas folclóricas, como todos esses pássaros enfeitados das florestas de papel das revistas musicais. A voz do Doutor ainda desafina em alguns momentos, eu pude pegar algumas das pérolas negras na mão. Os tons de Wüllner são todos bem alinhadinhos em fios de ouro, a voz marítima do Doutor teria de ser enfileirada em cordas grossas. O professor dele já deveria estar ciente disso. Você tem de convencê-lo, Herwarth.

48 Alusão à fala do Conde Richmond no 5º ato da mesma peça de Shakespeare após a morte, referindo-se ao Rei Ricardo como cão de caça que estaria por fim morto.

49 Alusão à fala inicial da peça de Shakespeare A tragédia do Rei Ricardo III.

(VIII)

Querido Herwarth, desenhei o Pitter Boom para a *Der Sturm*. Desde que ele não quis saber de mim durante todo o verão em Hiddensee, não parece mais um grão-príncipe, está mais para um coelho[50], como eu o desenhei com cara de ressaca. Mostrei-lhe o desenho, mas ele se recusou a pagar pela matriz da impressão. Agora, com esta carta, recorro ao primo dele. Por favor, Herwarth, coloque as vírgulas; ele é culto, escreveu um livro matemático sobre nascimentos e falecimentos.

“Prezado. O senhor é o Johannes que é primo do Peter Baum, né? Sou a amiga dele, a Amanda, e trabalho na fábrica de botões e não sou como aquelas que estudaram no colégio para moças refinadas de Elberfeld, e alemão certinho me dá comichão na cabeça.

O senhor é um dos mais distintos e pode por isso doar fa-

50 Kokoschka se referiu a Peter Baum como coelho por tê-lo visto várias vezes com um lenço de pano amarrado à volta do rosto por causa de constantes dores de dente.

cilmente dois táleres pra matriz de impressão da matriz do desenho do seu primo Peter; senão a careta dele não vai poder ser estampada na revista. O Peter me falou confidencialmente do senhor num momento a sós, Seu Johannes. Cordiais saudações e espero que o senhor adquira um buldogue alemão a menos e alimente suas codornas com frutinhas venenosas e faça um brinde a mim com uma taça de vinho. Amanda Wallbrecker[51], de Elberfeld, Grüne Pumpe an der Klotzbahn, 86."

Querido Rapaz, esperei o dia inteiro pelo mensageiro que traria o dinheiro, para que ele não levasse os táleres ao seu escritório. É que quero ir ao circo e um lugar bom custa três marcos; e vou convidar o Eslavo para ir comigo, para que ele veja que não há só estúpidos no mundo, é que ele é muito cabeça-dura. Estou de mau humor, as pessoas que eu considerava pessoas, tampouco são pessoas; estrangulam o amor com sua ambição. E o amor, Herwarth, você bem sabe o que eu acho do amor, se ele fosse uma bandeira, eu a conquistaria ou morreria por ela. Boa noite.

Herwarth, imagine só, os dois táleres chegaram e, ademais, uma assinatura da *Der Sturm*. Está vendo, eu sou uma atacadista. Me contrata, você nunca vai entender o mercado mesmo e eu não gostaria de esperar até que a *Der Sturm* acabe com tudo. Ainda escrevi pro meu Pitter Boom um recadinho sobre o quadro dele:

---

51 Nome de uma personagem da peça de teatro *Die Wupper*.

"Pitter, num pensava que ocê era uma besta quadrada. Como ocê pode me mandá uma carta tão boba de Hiddensee? Por isso ocê merecia um castigo. Eu vou contá agora todas as sua extravagânça e patranha pra sua santa família e pra nossa *Vorwärts,* e suas inclinação e seus crime moral. E vou desmascará o santinho do seu irmão Hugo. Sei bem o que ele faiz, o verão e o outono inteiros, bateno perna nos balneáro, e bateno carteiras dos casaco das pessoa. E eu aqui sentada com as panela vazia. Onde é que ocê conseguiu essa grana toda? Será que foi da sua tia do quiosque de *waffers* ou daquela girafa? Ocê esbanjou a herança do seu bisavô, o diretô e professô do tiatro de pulgas Olympia, pra comprá uma calça nova e um quipá? Ocê parece um pastor num cartão postal barato com esse cachimbão entre os beiço, parado na porta da sua mansão, e o Hugo olhano pela janela como seu coroinha. E tem uma harpa de vento lá no teiado; quem é que toca ela? Sua fiel Amanda."

Queridos Rapazes. Caius-Maius me disse que convidou Wilhelm Haas, de Praga, pro "Gnu"[52]. O espetáculo de variedades vai acontecer no Café Áustria. Seria muito simpático se Willi Haas fosse. Ele me lembra aquele aluno do primário que minha irmã mais velha magnanimamente legou à minha segunda irmã, tal como fez com os vestidos repletos de fitas, antes de ir pro colégio interno. Ele tinha, como o estudante de Regensburg, olhos grandes e

52 Cabaré literário fundado em 1911 por Kurt Hiller e Ernst Blass. Os eventos aconteciam no Café Austria.

espertos e não era um estraga-prazeres e atendia pelo mesmíssimo nome.

Fui de carro ao espetáculo de variedades, estou me sentindo mal de verdade. “Gnu” soa como Canguru. Mas foi interessante, milhares de pessoas entraram, outras milhares queriam entrar, mas não havia nenhum lugar. Subi no palco e me sentei em uma poltrona imponente. Com uma safira colossal no dedo (caco de vidro azul melhorado), fiquei parecendo Leo XXVII. Também Caius-Maius teve essa impressão. Em seguida, o espetáculo começou.

Herwarth, Kurtchen, o zepelin acabou de passar de novo por cima de nossa casa. Estou eu adormecida na minha escrivaninha, quando a terra de repente estremece — uma tempestade moderna, o mundo vai acabar, não tenho mais tempo de fazer a mala. Uma atmosfera louca no ar, o mar marulha por sobre os telhados e as casas — o que aconteceu com o céu, pra onde é que essa baleia lá em cima está indo sossegadamente por entre a maré de nuvens. Adeus, adeus, vou descer correndo para o campo.

Else.

Hoje só algumas novidades!

Primeiro: Dr. Alfred Döblin abriu seu consultório como parteiro e “serviços gerais”. Na placa do consultório na Blücherstraße 18 em Hallesches Tor anuncia-se que ele era o médico chefe no hospital Urban. Que propaganda!

Segundo: Leonhard Frank pintou de novo um corpo de menina azul celeste, agora acredito realmente em suas satanagens!

Terceiro: Scherl quer me contratar para divulgar o periódico *Die Gartenlaube*[53] em Trípoli. Vou morar na casa de Enver Bey[54] na guerra.

Quarto: ontem à noite o incomparável Barão de Schennis esteve novamente no Café.

Quinto: Poiret convidou todas as virgens de Berlim para uma exposição na *Gerson*[55]. Elas se enfileiraram à direita e à esquerda da entrada. Por entre os cabelos loiros e escuros das mulheres, uma fresta se abriu, vi maravilhada a modelo. Ela não nasceu na cidade, nem se sabia de onde ela era.

Sexto: O Café e tudo o que há à sua volta, Berlim e arredores, mandam lembranças para vocês, suas gaivotas!

Escutem só, há um anúncio de "Procura-se Kokoschka" no *Neue Freie Presse*[56]; ele parecia sempre tão comovente quando começava a imaginar a mansão que daria aos pais. Sempre se consumiu objetivamente por causas idealistas. Sinto muitíssimo!

---

53 Revista semanal de grande circulação e precursora de todas as revistas modernas. Fundada pelo editor Ernst Keil e pelo editor Ferdinand Stolle em Leipzig em 1853. Seu objetivo era alcançar e esclarecer toda a família, especialmente na classe média alemã, com uma mistura de eventos atuais, ensaios sobre as ciências naturais, esboços biográficos, contos, poesia e ilustrações de página inteira.

54 Enver Pascha, general e político turco, aliado dos alemães. Bey é um título honorífico turco.

55 Considerada a primeira loja de departamentos de Berlim, fundada em 1848/1849; foi arianizada em 1936 e passou a ser sede da polícia até 1939. Destruída na 2ª Guerra Mundial, hoje existe ali um hotel de 4 estrelas.

56 Jornal vienense editado entre 1864-1939.

Ainda que ele não me suporte. Não sou dessas! Dizem que ele simplesmente roubou uma maquete, uma casinha de madeira, na noite de 15 pra 16 de outubro. Mando aqui o retrato dele pra vocês, foi desenhado de forma amadora e suavizaram-se justamente seus traços de criminoso. Será que ele está se escondendo em uma boa pensão, onde cuidam bem dele? Rattke, o maître do Café, em cuja casa ele morou aqui em Berlim, espera também que ele esteja sendo bem tratado em algum lugar.

(IX)

Querido Herwarth, enviei ao Dalai Lama em Viena um manuscrito para a revista *Die Fackel.* Aqui vai uma cópia:

Digníssimo Dalai Lama, excelentíssimo Senhor Ministro, gostaria de contar-lhe algo sobre o céu[57], que dedico à minha mãe.

Sobre o céu

Deve-se buscá-lo em si mesmo, ele floresce melhor no ser humano. E quem o encontrar, uma maravilha azul ainda bem delicada, uma admiração embevecida, deveria cultivar bem sua flor celestial. Dela emanam maravilhas; inúmeras maravilhas formam o além. Ah se eu pudesse estar sempre só comigo mesma, só iria querer cuidar dos canteiros celestiais. Como se pode ficar em paz consigo mesmo e, em si mesmo, beijar sua eternidade. Ah se eu tivesse algum dia vivenciado um ser humano tão imutavelmente como a mim mesma! Batem à porta em dois tons, boas-vindas familiares. Meus pensamentos giram depressa à minha volta, à volta de toda a vida — é a grande jornada à volta dos tinidos de guizos e sussurros de todos os corações, por cima de mura-

57 O tema do céu é uma retomada do artigo publicado na revista *Die Fackel*; em correspondência com a editora Rowohlt em 21 de março de 1911, Else Lasker-Schüler refere-se a um ensaio com esse título que versaria sobre Herwarth Walden.

lhas levantadas por júbilo, sobre alicerces da meditação; cair em cavernas cavadas pelo medo — e sempre reencontrar as pegadas de seu coração, o pulsar de seu sangue, até ouvir o primeiro bater de asas em si mesmo, seu tornar-se anjo — e olhar para si mesmo com desdém — doce mística. E é equivocado chamar de sonhador aquele que foi abençoado pelo céu, pois ele caminha pela eternidade e escapou do homem, mas sorri com Deus: São Pedro Hille. O que sabem os pobres que nunca tiveram a visão do azul no destino de seus corações ou no curso de seus sonhos durante a noite. Ou os que foram expulsos do céu, os desprovidos do azul matutino. O céu dentro deles não consegue levar nenhuma luz a florescer. Porém o cético dissemina palidez, o cultivo do céu requer força. Vejam o Nazareno, ele falava pleno de céu, e brilhava em um azul exuberante, de modo que sua vinda já era um milagre, caminhava sempre azul por todas as terras. E Buda, o príncipe indiano, levava dentro de si a flor celestial em diversas formas e manifestações azuis. E Goethe e Nietzsche (Arte é falar com Deus) e todos os que olham para cima são abençoados pelo céu e Heine principalmente me convence, o céu pairava acima e para além dele, por isso ele puxava imprudentemente e com força as divinas gavinhas azuis, como uma criança agarra com força os cachos da mãe. O rosto de Hauptmann e o seu também, Dalai Lama, parecem ser azuis. Ninguém pode merecer o céu com artifícios, mas alguns colhem no ser humano a jovem flor celestial, antes de ela estar enraizada. São os demônios! Suas vidas não têm perspectiva, seus corações não têm horizonte. O Nazareno na cruz ainda quis presentear ao diabo a seu lado uma nuvem suave, uma gota de orvalho de seu céu. Porém é mais fácil convencer aquele que não fala e não ouve do que aquele que vê, mas não quer crer. Esse, sim, comete crimes contra si mesmo.

Não se pode ir para o céu sem tê-lo dentro de si, só aquilo que é eterno alcança a eternidade. As portas do céu se abrem àquele que traz em si o céu em flor *não* por causa de suas boas ações, nem as más o condenam ao pó. O céu nem recompensa nem condena. Mas aquilo que tem valor eterno leva ao céu. Ele se reflete com frequência no ser humano, incompreensível, como o próprio Deus. Rico e ponderado é aquele que carrega o céu dentro de si. Os milagres dos profetas, as obras dos artistas e todas as iluminações divinas, bem como o imprevisível prazer nos olhos advêm da eternidade, do azul perene do coração. Por vezes me acomete uma dolorosa responsabilidade, mas não se pode olhar profundamente para dentro de si o suficiente e levantar os olhos para o céu.

A divindade no céu é intangível, senão logo nada mais restaria dela para ser tocado — a eternidade não pode nem mesmo ser abreviada. A divindade do céu no ser humano é genial.

Adeus, caríssimo sr. Ministro, meu céu não me faz feliz no sentido terreno, não posso compartilhá-lo. As mais profundas lembranças de meu sangue se refletem maravilhosamente no brilho de meu azul. Fada Morgana. Espanto tardio, uma admiração embevecida. — Use a safira de minhas horas azuis noturnas como recordação em sua mão pensativa.

(X)

Herwarth, Kurtchen, Camaradas, Irmãos, leram o grito de guerra de Rudolf Kurtz a todos os diretores dos teatros no *Pan*[58]? Ele despejou um dilúvio sobre minha *Wupper* ressecada! — Eu já tinha até desistido dela. Mas agora levo a tiracolo minha espada de veludo que meu negro Tecofi usa como figurante no teatro. Wa kadâba kabinâhu hinâma raga utu dalik, lia nahu jakrah anisâ a wahalakuhunna!!!

O Pitter Boom me mandou seis potes de mel (da marca *Gühler und Biene*) pelo quadro dele. Agora fico zumbindo sozinha o dia todo. Já Kokoschka não dá um pio. Enfim, estou farta dessa vida. Ruth se ofereceu pra escrever por mim ao Kokoschka, pois ele teria mecenas tão ricos (?). Mas eu bem conheço o estilo dela e disse a ela para não se dar ao trabalho.

Prezado sr. Kokoschka. Na verdade, eu deveria estar zangada, pois o senhor sequer se deu ao trabalho de se despedir, após ter sempre desfrutado da maior hospitalidade em nossa casa. Mas não se pode ficar zangado com o senhor. Foi o que ainda ontem eu disse a Else Lasker-Schüler, que está muito doente e acamada. Escreva-lhe por favor algumas linhas

58 Periódico de caráter literário e político, editado por Paul Cassirer e Wilhelm Herzog.

dizendo que gostou do quadro dela — ela é uma criatura tão frágil e adorável e é sua grande fã. De modo geral, ela não vai nada bem. De mim ela recusa qualquer ajuda por menor que seja, ela é realmente tão teimosa. Será que o senhor não conseguiria com um certo tato alguma coisa para ela junto aos seus amigos? Peço-lhe encarecidamente discrição, prezado sr. Kokoschka, o senhor bem sabe como ela é sensível. Cordiais saudações Ruth Elfriede Caro

Cartão postal internacional.

"Nem me falem de Roma[59] —"

Queridos Baldes de Gelo. O Bispo e eu nos desentendemos, ele afirma que abusei dele. Como se pode abusar de alguém? Queria fazer as pazes com ele novamente e perguntar-lhe pessoalmente. Herwarth, escreva você pra ele! (?) Ao sr. Arquiteto Gregor Münster, Hildebrandstraße 11. — É que ele queria me martelar, quero dizer, esculpir em pedra como afresco. Talvez assim eu consiga uma casa. Ontem sentei-me a sua mesa, ele bebia aguardente e água com gás. Chamei Otto, que me trouxe um copo. Quando o enchi com aquela água gasosa esquisita, o Bispo teve de conter o riso. Mas não falou comigo. Ele me educa de forma encantadora. Ou ele tem personalidade; como se diz quando uma pessoa mantém suas qualidades embaladas consigo. Então ele é

59 Citação de uma fala da primeira cena do 3º ato da ópera *Tannhäuser*, de Richard Wagner.

previsível; eu sou mais inconveniente e difícil. Isso não é mais elegante? Ou será que ele só finge na minha frente e segue sua tática, Herwarth, quando você se faz de ofendido. Você sabe, tenho dificuldade em romper. Por quanta coisa a gente tem de passar!

(XI)

Hoje estava disfarçada de urso no Café. Um chofer me emprestou seu casaco de pele. No salão ao fundo estavam sentados os que voltavam do teatro, Dr. Loeb com sua jovem esposa Desdemona. Em seu rosto gracioso de mocinha entrevê-se uma marota força demoníaca. Professores mais experientes discutiam na mesa ao lado; eu estudaria latim com o professor Cohn ainda hoje. No cantinho do sofá, Höxter cochilava e deixava as franjas cobrirem seus olhos. Seu casaco surrado já está se desfazendo, mas ele usa meias de seda verde com sapatos de verniz. Ao seu lado estava a sra. Spela em silêncio, um caracol discreto bem enroladinho. Atmosfera de parque da cor do luar. No meio do Café, Fritz Lederer-Rübezahl ria com sua mulher, que tem uma sagacidade fria e elegante, além de olhos azuis de tulipa. E acho que Otto Freundlich, de Paris, está aqui por causa da Nova Secessão[60], ele adentrou o Café com Gangolf, que vem sempre da Itália, não importa se venha de Friedenau ou Florença. Rosnei algumas vezes para Caius-Maius de dentro de minha pele de urso. Também vi Pechstein com sua indiazinha e M. Richter com sua romana. E todos os que entravam e saíam, por último chegou nosso querido Diretor Wauer,

60 Movimento artístico (pintura) fundado em Berlim em 1910 de cunho expressionista. Tratava-se de uma dissidência da Secessão, que havia sido por sua vez fundada em 1898 como alternativa à conservadora *Akademie der Künste* de Berlim.

que me reconheceu nos meus tufos, mas eu suei um *Wupper* inteiro.

Cartão Postal internacional.

Nem me falem de Roma!

Queridos Herwarth e Kurtchen.

Daniel Jesus[61], o rei da Boêmia, está aqui; me refiro a Paul Leppin. Ele escreveu um novo romance e o dedica a mim; já escrevera de Praga: "Querida, querida, querida, querida Tino". Oh, que epígrafe mais adorável, uma canção. Gostaria de ensinar muitas pessoas a cantar assim de agora em diante.

Nobilíssimos Mensageiros

Eu, a poeta das Arábias, princesa de Bagdá, neta do antigo sheik Yussuf[62] do Egito, intérprete das espigas, administrador dos cereais e favorito do faraó, confiro ao grande ensaísta Rudolf Kurtz a ordem do elefante com a esmeralda e a corrente negra de dentes de crocodilo de primeira classe.

Cohn está cavalgando, Oesterfeld casou-se com uma mulher, tudo por causa da minha *Wupper*.

---

61 Nome do protagonista, que dá nome ao romance de Paul Leppin do ano de 1905.

62 Yussuf ou José – citação do Gênesis, em que ele interpreta os sonhos do faraó, que o nomeia administrador dos cereais.

Cohn, no entanto, recusou meu novo manuscrito (Oesterfeld teria aceitado meus ensaios com prazer). Ele diz que, com o dinheiro que ganharia com o manuscrito, não conseguiria comprar um cavalo pigarço para unir-se ao seu cavalo negro. Eu fiquei parada na frente de seu pequeno jardim como um caixeiro viajante expulso com seus mostruários debaixo do braço. "Tinha de fritar vivo um cara desses, ou quebrar-lhe o pescoço" — ainda que ele seja belo; de qualquer modo, à noite enviei-lhe um versinho de despedida, tomara que tenha enrolado a língua com ele:

Cavaleiros e Cavaleiros Imperiais,

Durante a tempestade

Rasguei, de maldade

Na sebe diante de sua grade

Meu manuscrito, de verdade.

Brigitte

Hoje recebi logo cedo pelo correio uma carta da Torre dos Ratos[63] perto de Bingen. Parece que lá mora um admirador de Peter Baum. Mas essa pessoa não tem qualquer senso de humor!! Esse tal morador da Torre dos Ratos me pergunta se o

63 Torre localizada em uma ilha do Reno perto da cidade de Bingen. Conta a lenda que o arcebispo Hatto I ou II de Mainz, que tinha fama de duro e cruel, teria se refugiado ali e sido devorado por ratos, após ter se negado a dividir seus alimentos com os pobres durante um período de fome.

sr. Peter Baum é realmente um vagabundo, ele não consegue imaginar isso, vendo a generosidade e o fausto de seus romances e de suas novelas palacianas. Por conta de sua crítica compreensível lhe respondi: "Meu Senhor, não me restam dúvidas de que o senhor caiu na minha ratoeira. O senhor ainda não percebeu mesmo que minhas missivas norueguesas são uma comédia popular — no entanto, com tiradas sérias como as que são publicadas na *Der Sturm*. Peter Baum me pediu muitíssimo pra fazer o papel do vagabundo em minha obra, pra permanecer bem incógnito: Eu mesma, meu Senhor, amarrei-lhe um lenço vermelho estampado no pescoço e enfiei um frasco de aguardente no bolso de seu casaco esfarrapado. Na vida real ele é muito mais chato, pra mim é um desprazer ter de desapontar o senhor, mas ele fica o dia todo lá em cima no quarto dele trabalhando. Desprezo esse lado dele, assim como sua autossuficiência, mas ele é um homem amável até não poder mais, e sua mãe também; só o Johannes, seu primo, faz o papel do barão no meu palco giratório e é de profissão: homem da carrocinha".

Hurra, Querido Herwarth, querido Kurtchen!!! Hurra!

As Teresas, T. Tiergarten, T. Mattäikirchplatz, minhas primas gêmeas, me presentearam com um casaco de pele. Meu mais ardente desejo. No verão vou penhorá-lo — até por causa das traças protestantes[64] de Berlim.

---

64 *Hugemotten*, no original. A autora faz um jogo de palavras com '*Hugenotten*', protestantes franceses perseguidos durante as guerras religiosas, muitos dos quais foram acolhidos em Berlim e nas proximidades.

Jakob van Hoddis, o corvo, deu no pé com uma garota. No verão ele costumava ficar sentado no parapeito da vitrine da loja Friedländer na Potsdamerstraße 21, suspirando pela doce marquesinha de pantufazinhas de pavão por entre cartolas altas como torres e chapéus cloché com rosas. Uma alma à venda por sessenta marcos.

Herwarth, acho que não posso escrever mais nenhuma carta pra você. Hoje, quando estava sentada do lado de fora do Café fui atacada por um indivíduo totalmente desconhecido com um casaco ameaçador, chegou bem perto de mim, quase derrubou com seu ímpeto as cadeiras que estavam a minha volta. Ouvi o homem respirar como Karl von Moor[65]: Disse que sou uma vigarista de marca maior e que eu estaria criando relatos historicamente falsos sobre mim, e que eu estaria blasfemando com meu coração — pois dentre as muitas, muitas cartas de amor (publicadas na *Der Sturm*) eu estaria escondendo apenas aquela que não foi escrita. Fui magnânima em não enxotar o homem de minha mesa, até mandei servir-lhe uma limonada e peguei da bandeja um canudinho recheado e coloquei em seu prato. Ele se acalmou, mas eu não, você pode acreditar, você e o Kurtchen, seus frios personagens escandinavos. De repente, odeio você, meu querido e bom Herwarth; e você também, Kurtchen; e todas essas pessoas no Café e os muitos amáveis e odiáveis seres humanos no mundo! Por acaso não estão todos vocês entre mim e ele como uma muralha viva? E também odiei o assaltante totalmente desconhecido, a quem ditei minha carta de amor "ainda não escrita", até que ela pegou fogo sob sua mão trêmula.

---

65 Personagem da famosa peça de teatro *Os bandoleiros* de Schiller.

(XII)

Hoje o Bispo esteve em minha casa; sempre sussurramos em nossos encontros. Tenho um coração tão sensível, escuto com meu coração e a fala mansa nos faz bem. Ele estava sentado em meu acampamento (Olhe só, Herwarth, eu montei mesmo uma tenda no meio do cômodo), brincando com seu lápis de madrepérola; eu esbocei a lua com o Kohinoor até que ela flutuou — assim:

na noite branca do papel, bem sozinha sem estrela e terra. Como se pode desenhar tão cruelmente, mas pedi ao Bispo que pusesse um mar debaixo da lua com seu lápis frenético. Eu também faço isso com narizes, que eu desenho, ou bocas ou rostos pela metade, tenho de completá-los para que não lhes falte um sentido e nisso, frequentemente, a gente mesmo se perde, e o coração ama tão raramente até o fim. Herwarth, você tem de aprender a sussurrar, dá para ouvir o eco do mundo nitidamente. Quando eu e o

Bispo sussurramos, as paredes ficam silenciosas e os móveis suportáveis; suas cores, suaves. E os espelhos dos armários são córregos, e nosso amor é um grilinho do campo ou um grilo, uma flor de dente de leão com a qual as crianças fazem correntes.

Queridos rapazes, hoje eu recebi um cartão postal do restaurante Rheingold em Berlim: Prezada, Caríssima sra. L. — Sch.! Todos têm saudades da senhora!!! Loos.

Prezada, Desconhecida Senhora! Sr. Loos rasgou tantos elogios a sua pessoa que quase temo conhecê-la pessoalmente. Nenhuma poeta na Alemanha inteira escreve versos como a sra. L. — Sch., isso é o mínimo que ele diz, e então recita o *Tapete do Tibete*[66] o dia inteiro. Mas tenho esperança de que a senhora seja sim como ele diz. E um dia havemos de nos encontrar. Saudações Karin Michaelis.

Arnold Schönberg. Webern. Muitas saudações Ludwig Kainer. Ada e Emil Nolde. Kurtchen. Albert Ehrenstein lhe saúda cordialmente. Herwarth Waiden. Döblin — de tempos em tempos. Erna Reiß. Gustav Wallascheck. Hede von Trapp. William Wauer. Lene Kainer.

Quer dizer então que vocês estão de volta a Berlim; esqueci completamente, peçam para enviarem de volta pra vocês minhas cartas da Noruega.

Else.

---

66 Poema de Else Lasker-Schüler, intitulado *Ein alter Tibetteppich*, publicado na revista *Die Fackel* em dezembro de 1910.

O Dalai Lama acha que alguns dos meus modelos não estão à altura da minha arte. Não posso entender as palavras do ministro se não for assim. Mas só depende mesmo de como eu expresso os modelos. Fora isso não tenho nada a ver com eles. E minha poesia vou vender depois, e dar minha alma a preço de banana a um editor, e, contudo, o Dalai Lama abriu meus olhos; desde então encaro minha condição de poeta como se eu fosse uma casa de penhores, estou sempre avaliando as pessoas, quase sem exceção, alto demais. Oh, essas perdas!

Querido Herwarth, você pode mandar publicar na *Der Sturm* que me escrevam todos os frequentadores de nosso Café que nutram o desejo de não serem mais mencionados em minhas cartas a vocês, eu lhes concederei livre passagem.

(XIII)

Querido Herwarth e Querido Kurt. Às vezes o Caius-Maius parece o anjo da trombeta ao telefone, especialmente na hora do desabafo ao anoitecer. Lá está ele sentado, com duas asas, ao lado de sua escrivaninha enquanto entra todo tipo de coisa voando pela janela, como se viessem de Cocanha. Sempre que está escrevendo um excelente texto humorístico, atrapalho tocando a danada da campainha. Pra piorar, carrego um sininho no pescoço. Posso mesmo ser uma ovelha às vezes. Pra que perguntar a ele se as pessoas estão gostando das minhas cartas norueguesas? Ele deve conhecer alguém que é do contra. Ontem, seu médico, franzindo a testa, queixou-se com ele a respeito da menção que lhe faço em minhas cartas pra vocês. Fiquei mesmo boquiaberta. Além disso, um bisneto de Bach disse que vai se matar (ele prometeu isso a Caius-Maius), caso eu o mencionasse em minha correspondência. Que pena, ele tem uma boca bem rosada e um sorriso glorioso. Lá vai ele se jogar nas ondas de São Francisco[67], porque uma poeta lhe fez ousadamente uma serenata bem no meio da *Tempestade*[68].

---

67 Refere-se a São Francisco de Assis.

68 "im Sturm", no original, que tanto pode se referir às condições climáticas como ao nome da revista *Der Sturm*.

Querido Kurt. Ele mesmo me ameaçou ontem. Minha resposta está juridicamente impecável? Meu Senhor. O senhor diz que vai se suicidar, caso eu o mencione na *Der Sturm*, ou está me sugerindo isso indiretamente? Até porque pode ter certeza de que não sou sentimental e não me preocupo com as inclinações de cada um, ademais não me interessa uma vida humana assim. O senhor agora não me interessaria nem como modelo, nem como retrato, nem como caricatura. É verdade que já consegui fazer de um zero à esquerda um texto. Mas tenha paciência, não desanime. Com os melhores cumprimentos.

Herwarth, Loos não é um gorila qualquer, é um gorila real. Me perguntou se voltaria a ser publicado na *Der Sturm*. Sabia que ele, pra preservar seus traços faciais puros, está usando provisoriamente costeletas, que lhe caem muito bem. A maioria dos que usam barba quer realçar sua masculinidade ou disfarçar bocas grandes ou queixos proeminentes. Adolf Loos me contou histórias das florestas africanas, seus olhos fitavam repletos de grave elegância. Oh, ele é benevolente e isso é qualidade divina, o melhor que se pode dizer de uma pessoa.

Queridas Crianças, respondi a Karin Michaelis: *Karin*. Primeiro jogo um asterisco no K de seu nome e a saúdo! Seus livros são pombas de cores variadas, brancas, azuis, mas também vermelhas, pombas demoníacas e entre elas há irrequietas pombas prateadas e douradas. Por isso não os coloco na gaiola da estante de livros. Tino de Bagdá.

Herwarth, você pode publicar o seguinte na *Der Sturm*:

Sob a escolta cega de Heinrich Mann, o abade Max Oppenheimer entregou o sangue de Kokoschka aos críticos de Munique.

O abade pintor Oppenheimer deve ter recebido minhas linhas hoje: Caro Max Oppenheimer. Suas roupas ostentosas sempre me agradaram, ao contrário de ao público conservador. Não era só uma questão de coragem, mas também de bom gosto. Gostava imensamente de ir com o senhor a sua exposição em Munique, mas não eram suas obras que estavam expostas nas paredes, apenas as de Oskar Kokoschka. E então o senhor teve de levar justamente a mim, que conheço sua obra original. O senhor me considera tão pouco crítica — ou é um daqueles que estão acostumados a aceitar palavras e gestos de outros por quem está apaixonado? O senhor está, eu suponho, apaixonado por Kokoschka e suas obras são trabalhos colhidos, e é por isso que carecem de raízes. E olhe que o senhor tem seu próprio jardim. Gostei especialmente do quadro de Heinrich Mann, é como uma cópia brilhante e, em suas cores e ritmos, eu vi o pintor Oskar Kokoschka, não o senhor. Haverá algo de Max Oppenheimer nos quadros de Kokoschka?

Nos antigos museus as pessoas realmente copiam os grandes mestres, mas não assinam embaixo. Kokoschka é um velho mestre, nascido mais tarde, um terrível milagre.

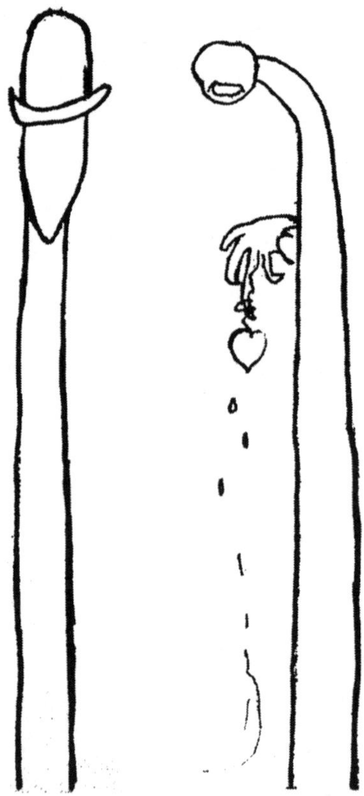

E eu não faço concessão em termos de eternidade, o senhor também deveria ser mais piedoso em relação ao tempo. Fora isso, sou, como sempre, solenemente bem intencionada, Max Oppenheimer, querido abade.

7 de dezembro de 1911

Else Lasker-Schüler

Quem duvida da originalidade dele? Ele gosta de aparecer primeiro em forma de um anjo camponês.

Hoje, acompanhada por minha criada, andei ao longo dos trilhos pela Friedrichsruherpeterbaum-straße[69] em Halensee. Minha empregada é o meu público de meia entrada nos espetáculos de domingo. Andando ao lado dela, eu nunca consigo me alegrar, tampouco me desesperar com meus pensamentos, ela sempre me arrebata de minhas inspirações. Na verdade, ela só finge, tudo a entedia, mas já se acostumou ao ritmo dos trilhos de minha língua, embora

69 Inserção do nome de Peter Baum no nome da Friedrichstraße, rua em que ele morava.

com obstáculos; às vezes sai do trilho, mas sempre acaba passando por cima de mim pra chegar até seu tesouro, ela pensa nele na terra e a revolve à sua procura quando lhe falo do que há de mais celestial. Por que fui contar a ela sobre São Pedro Hille, sobre a face de Stefan George? Que felicidade ímpar seria para mim poder mirar sua face por uma longa hora, e mais algumas. Gosto muito de contemplar algumas pessoas como as obras divinas de catedrais e templos antigos. "Só não se podia olhar para São Pedro Hille, ele era invisível, era um sol que olhava." Narrei com certeza, sem *pathos*, falei como se para uma criança, mas desde então sinto vergonha diante da criatura; tanto como eu me envergonhava por causa de meus melhores presentes na escola; o mundo está repleto de empregadas e criados (de pobres e ricos, de educados e ignorantes); o alemão sempre confunde bruteza com originalidade; e, no entanto, um tubérculo de batata me entenderia melhor do que uma pessoa tão primitiva. Eu odeio o amor entre pessoas comuns, se o profeta ainda estivesse vivo, eu lhe escreveria uma carta pastoral para ele proibir o amor. São Pedro Hille era um esteta. O amor só é permitido a Tristão e Isolda[70], Carmen e Escamillo[71], Ratcliff e Marie[72], Safo e Afrodite[73], o Mouro de Veneza e Desdêmona[74], Wilhelm von Kevlaar, você, Herwarth, e Gretchen[75],

70 Personagens de uma lenda celta que teve várias versões, dentre elas a de Richard Wagner.

71 Personagens da obra Carmen de Prosper Mérimée e da ópera de Bizet.

72 Personagens da tragédia *William Ratcliff* de Heinrich Heine.

73 A poeta Safo se dedicava à deusa Afrodite em sua escola na ilha de Lesbos. Peter Hille escreveu o fragmento em prosa *Sappho, die Dichterin von Lesbos Roman der Schönheit.*

74 Personagens da obra *Otelo, o mouro de Veneza*, de Shakespeare.

75 Personagens da balada *Die Walfahrt nach Kevelaar*, de Heinrich Heine, a que Else Lasker-Schüler se refere em outras obras e a quem ela compara Herwarth Walden.

Romeu e Julieta, Fausto e Margarete, Mefisto[76] e a Vênus do Sião, a Pantera Branca e José, o egípcio; Sascha, o Príncipe Cativo[77], e Sheherazade – "ele" me chamou de Sheherazade. Boa noite.

Queridas Crianças, hoje, o escultor Georg Koch me visitou e trouxe bombons de chocolate. Comi todos os doces com marzipã e recheio de açúcar um após o outro. Estavam embrulhados em papel verde-prateado com estrelas douradas. Brinquei com o papel a noite toda; primeiro vesti um casaco feito de um brilho encantado de contos de fadas, em seguida, meus pés calçavam sapatos verde-prateados com estrelas, uma coroa brilhava em meus cabelos, de repente eu estava sentada no circo com Lorchen Hundertmarck, que teve permissão para acompanhar-me — a filhinha do cocheiro — seu pai dirige as charretes de minha querida tia Johanna. Lorchen e eu temos ambas dez anos e escondemos de todos que somos loucas por Joy Hodgini[78]; nos cutucamos uma a outra de olhos arregalados e o chamamos de homem dos sonhos. Ninguém ouviu, todos olhavam para o grande picadeiro redondo e muitas, muitas mãos aplaudiam. Lieschen Hundertmarck tem uma cômoda sobre a qual há uma caixa feita de conchas, em seu espelho o anjo de porcelana dourada olha fixamente do pedestal. Um pequeno castiçal de vidro azul com uma vela de Natal com nervuras amarelas e um coração de cera em um cartão encontra-se ao

---

76 Personagens de *Fausto*, de Goethe.

77 Um dos nomes carinhosos com os quais Else Lasker-Schüler se referia ao escritor Johannes Holzmann, ou Senna Hoy.

78 Famoso jockey à época, mencionado em outros textos da autora.

lado de um ovo de Páscoa brilhante, vê-se dentro dele o reino das fadas. E ao lado encontra-se um livro de orações de veludo verde, do qual pendia um marcador de livro de papel alumínio verde-prateado com estrelas douradas.

Você sabia, Herwarth, que Paul Zech está se mudando de Elberfeld para Berlim? Eu o aconselhei a mudar de cidade, assim ele não tem sempre de enviar seus versos pra você. Em seu último poema há chaminés fumegantes, encontra-se fuligem em cada palavra. É o único poeta regional de destaque.

Querido Herwarth, sonhei desbragadamente esta noite de novo. Vagava pela Kurfürstendamm vestida como uma vagabunda, de calças esfarrapadas e um surrado casaco esverdeado, pensava apenas em coisas obtusas, também estava levemente inebriada — de tristeza. O vento uivava contra meu nariz vermelho. Você já me viu em tal estado — um pouco mais atenuado, é verdade —, depois de ter viajado e voltado, e me encontrar aqui em Henriettenplatz, como se eu fosse uma sem teto. Desta vez, no sonho, Kete Parsenow, a Vênus do Sião, veio em minha direção. Primeiro procurou encontrar uma palavra, em seguida me agarrou com suas mãos de marfim, mas com a energia de um policial — "Tino!"

Herwarth, Kurtchen, sempre esqueço o nome dele — ele é do Tirol saxão, escreveu um livro sobre vasos de terracota pintados, futuro diretor dos museus daqui. É tudo o que sei sobre ele. Aliás, é dono de seus próprios móveis, que herdou da tia-avó;

e pendurou uma prima caipira da Monalisa no papel de parede florido, ele também herdou essa pintura de sua tia-avó Isabella.

(XIV)

Caros Rapazes, por que vocês nunca me perguntam o que eu quis dizer com o misterioso "Nem me falem de Roma"? É que eu queria abrir um salão de adivinhação, "Nem me falem de Roma" — mas se vocês dois ignoraram isso solenemente, como é que os estranhos vão se deixar enganar? Prefiro então ser mascate.

Imagine, Herwarth, nossa Rosa acabou de chegar e se demitiu; e agora, sou eu que tenho de sair de casa ou ela? Fez secretamente uma assinatura da *Der Sturm* via Leipzig e acha que me refiro a ela na caminhada pela Friedrichsruherpeterbaumstraße. Sua honra foi ferida; sente-se magoada, e agora eu tenho de limpar ou não limpar de novo meu apartamento, eu voltei ao pó em meio ao pó. Seu Willy não se casaria mais com ela agora, o que você acha de eu lhe prometer celebrar o casamento deles aqui em casa?

Peter Baum está com uma aparência péssima, ele sente falta de Elberfeld; ainda pensa até em sua ama de leite com muita afeição. Ele a carrega na corrente do relógio num envelope em forma de coração. Ela também amamentou seus antepassados e é de Remscheid. Foi ela, na verdade, quem o apresentou à poesia. Não foi?

Queridos Viajantes, fiz, de uma vez por todas, a impressão em escrita hieroglífica de uma resposta para as muitas cartas que recebo, para cada carta, sem exceção, independentemente de quem seja. "Vão lamber sabão!" O que Richard Weiss em Viena e Paul Leppin em Praga, ambos, de quem eu tanto gosto, dirão a respeito dessa grosseria! Tal descortesia pode transformar-se inequivocamente em uma ideia compulsiva, que cria um inimigo que prepara novos inimigos. E se a Vênus do Sião me escrever uma carta nos próximos dias e eu enviar-lhe a resposta em hieróglifos? Ou Ramsés? Vocês sabem quem é Ramsés — ele mora em Munique desde o testamento[79] e usa uma pirâmide na cabeça e é lindo, seus olhos alcançam o céu. É a única pessoa que pode provar historicamente: eu sou Yussuf, o egípcio, pois vivi em sua corte.

Querido Herwarth, meu coração está muito doente ou é só impressão de que está dilatado? Quando

79 Refere-se ao Velho Testamento.

ele transborda, acredita-se sempre tão tacanhamente que se está doente. Pelo menos é isso o que dizem os médicos. Herwarth, ontem à noite meu coração estava vermelho granada, eu pude sentir a cor na minha boca. Meu coração era o pôr do sol e se pôs. Do lado de fora, neste inverno sombrio, isso já não pode acontecer; eu morri de crepúsculo. Você consegue entender, será que alguém jamais conseguiu entender, quando eu falava das estrelas como se fossem meus irmãos, acompanhadas por entre as nuvens pelo astro lunar, um cavalheiro divertido e reconfortante, *Berncastle Doktor*[80], velho nobre da elite valeriana? Oh, não estou brincando, não quero divertir vocês dois, mas sempre me salvar com jogos como aqueles com que Till Eulenspiegel[81] se distraía. Eu teria me tornado um palhaço, Herwarth, se com isso eu não ofendesse você.

Cartão postal internacional

Querido Herwarth, estou muito triste, ouço um choro o dia inteiro na cidade. — Quando me virei, era eu mesma. Ando chorando, Herwarth, porque alguém está com raiva de mim.

Minhas adoráveis crianças, estou profundamente comovida, minha alma se dissolveu, por ela

---

80 Trata-se de uma pequena vinícola na região do rio Mosela, na Alemanha, Bernkasteler Doctor, cujos vinhos brancos são considerados dos melhores do mundo.

81 Foi um personagem folclórico alemão do século XIII, um malandro atrevido que pregava peças em seus contemporâneos.

escorrem esmeralda, rubi e safira, além de pedra da lua, como nascentes coloridas. E eu sempre digo duas palavras, o título de minha carta de amor chamuscada, "não-escrita", endereçada a Sasha na cidadela de São Petersburgo: Príncipe celestial

Já não tenho mais segredos, meu coração não pode guardar nenhum, ele está a serviço do mundo. Mares vêm e jogam seus segredos na praia, ele desperta ao amanhecer e morre ao pôr-do-sol. Mas meu coração ainda é de seda, posso trancá-lo como um estojo. Você conhece um segredo ou pergunte ao Kurtchen algum que seja digno da minha discrição?

(XV)

Querido Herwarth, querido Kurtchen, será que realmente me confundi com as cartas anteontem — e enviei a de vocês para Peter Baum, e para vocês, a de Peter Baum? Ou os correios fizeram uma brincadeira. O funcionário dos correios de cavanhaque sempre me olha como se fosse um fauno.

Pitter, quando ocê recebê essa carta, vô tê me matado, ocê precisa se preocupá com isso. Pitter, dessa vez eu realmente tô mesmo perdidamente apaixonada, adivinha por quem! Ocê num acredita mais em mim, Pitter, mas é de verdade, e eu num posso mais i pro trabalho na fábrica. Pitter Boom, logo cedo o diretor mi demitiu, porque eu tava como um pombo no pombal, olhano pro tempo, sempre pregano os botão do lado errado. E num tô mais conseguino cumê, e eu sempre guardo as mágoa de amor do meu coração no travesseiro xadrêiz. Ou eu olho pras figura nas parede, nossa foto, onde fumo benzido junto com as criança tudo rica. Ocê ainda lembra? Como ocê mudou, Pitter, e eu tamém, nóis sempre fumo fiel, seja na alegria o na tristeza, e ocê sabe com certeza que eu sempre fui até ocê e confessei tudo a ocê. O pastô Krummacher iscreveu no seu álbum di poesia; "O trabaio faiz a vida ficá doce", pra mim ele teria iscrito um discurso brabo, por causa di que eu sempre ria nas aula de crisma embaxo da minha carteira. Mas tudo já passô, eu num rio mais, eu quero sempre chorá por causa dele. Ocê conhece "ele"? Ocê conhece ele! Adivinha "ele". E nada de fofocá pro Herwarth, Pitter, um abraço

da sua amiga Amanda.

Herwarth, seu infeliz, o Pitter também me devolveu a carta que escrevi para você: Querido e bom Herwarth, fique mesmo calmo e despreocupado aí no gelo. Você voltará para casa ainda mais fresco. Você me conhece bem, pode ficar totalmente sossegado, estou mesmo em casa o dia inteiro, decorando a árvore de Natal e à noite acendo as velas e canto canções, esfuziantemente arrasada. Estou felicíssima, você pode ver como sou fiel a você. Mande lembranças para o Kurtchen, nosso anjo.

Else.

Herwarth, pra você ficar logo sabendo, corri até a casa de Ruth-Elfriede hoje — como uma adolescente. Eu queria abrir meu coração pra uma "mulher". Mas ela não acredita mais em mim, a não ser que eu volte lá em quatro semanas com o mesmo sentimento por "ele". Por favor, anotem o dia, você e o Kurtchen, foi ontem, dia dezenove de dezembro. Estou totalmente convencida de que meu coração não me engana; no fundo, eu posso confiar em meu coração, mas se ele me deixar na mão, me tornarei superficial.

Escrevi para Tristan: Tristan, meu amorzinho, à noite todos os meus antepassados se reúnem em minha tenda, califas e dervixes e paxás com turbantes altos. E até mesmo um chefe tribal, que me ensinou a dançar sobre os corpos dos infiéis, agora me ameaça com a ira de Alá. Tristan, você é um infiel, mas eu amo você, Tristan, e com o ouro de seus cachos eu ofusco os olhos da lei no Alcorão. E te darei meus palácios e minhas manadas de dromedários, eles se ajoelharão diante de você, escravos felpudos, se você quiser montá-los. E você usará em volta de seu pescoço as cordas de minhas pérolas azuis selvagens e leve com você meu anel com a pérola do dilúvio. E te dou meu coração, você pode pegá-lo em suas mãos e fazer malabarismos com ele. A sarça ardente[82] do monte sagrado e a noite e suas estrelas indescritíveis refletem-se nele. Eu amo você, Tristan.

Tino de Bagdad.

Queridos Herwarth e Kurtchen, o cartão de vocês foi a prova de que um postal pode sorrir com ironia, até mesmo uma espécie de paternidade vigilante emana das letras serenas e espirituosas, como se fossem os cabelos de um idoso. Vocês provavelmente o escreveram juntos? A serenidade deve ser descomunalmente difícil, pelo menos para mim. Sua caligrafia, Herwarth, é geralmente um concerto sinfônico ou uma pantomima e o Kurtchen apresenta seu autorretrato, cada fio de suas linhas é ele. Acima de tudo, o comportamento magnânimo de vocês em relação a minha confissão é um desplante.

Else.

---

82 Trata-se de um arbusto descrito em uma passagem da Bíblia no livro do Êxodo que estava ardendo em chamas no Monte Horeb, mas não era consumido por elas.

(XVI)

Querido Herwarth, o próprio Tristan tampouco quer acreditar que eu o amo, mas foi muito gentil quando nos encontramos; nós caminhamos de mãos dadas, e ele me contou a história do lobo, sem saber que se trata de uma história verdadeira, era eu o menino que gritava sem fôlego pela cidade: “O lobo está aqui, o lobo está aqui! “E uivei duas vezes para as pessoas, aterrorizando-as, e quando o lobo realmente fugiu de um ménagerie, ninguém queria acreditar em mim. “Ele” tampouco quer acreditar que eu o amo, e serei consumida pela dor e, certamente, a cidade inteira.

Herwarth, por favor, mande publicar estes poemas na *Der Sturm*, eles são para Tristan — talvez ele acredite então — em poesia, não se mente.

Quando nos olhamos
desabrocham nossos olhos.

E como maravilhados
diante de nossos milagres — não?
E tudo se torna tão doce.

Por estrelas emoldurados
fugimos do mundo.
Creio que somos anjos.

*

Em tua alma azul
Pousam as estrelas da noite

deve-se agir baixinho contigo,
Oh, Tu, meu templo,
Minhas orações te assustam;

Minhas pérolas despertam
De minha dança sagrada.

Não é dia nem estrela,
Eu não conheço mais o mundo,
Só Tu — tudo é paraíso.

*

Já não há sol,
Mas teu rosto brilha.

E a noite sem milagres,
Tu és meu sono.

Teu olho pisca tal estrela cadente —
Eu sempre faço um pedido.

De ouro puro é tua risada,
Meu coração sobe dançando ao céu.
Se uma nuvem vem —
Eu morro.

*

Não consigo mais dormir,
Sobre mim tu sempre ouro agitas.
E um sino é meu ouvido,
Em quem tu confias?

Tão brilhante quanto tu,
Os arbustos florescem no céu.

Anjos colhem teu sorriso
E o oferecem às crianças.

elas brincam de sol com ele
Sim...

Herwarth, Tristan me disse que tem uma noiva, nunca mais quero falar dele —

Tenho ido com frequência sozinha à cidade, vou com todas as toupeiras de metrô. Minha pele já está cor de terra. Dizem que estou com uma péssima aparência. Acredita que uma pessoa acabou de me dizer que sou hipocondríaca! Pois só agora me ocorreu que todas as pessoas perguntam: "Como você está?". Impressionada, sempre procuro a linha hipocondríaca da cor de terra no meu rosto — que passa pela estação de metrô Knie-Görlitzer. Mas estou gravemente doente, alguém só acredita em mim quando o infecto com minha melancolia. Mas as pessoas têm, por natureza, esses rostos calcificados, ovos; ovos de Páscoa na melhor das hipóteses; fico sempre feliz quando descubro um cartaz risonho no saguão de entrada da estação de trens. Reconheci imediatamente o moleque malcriado desenhado por seu pai Ludwig Kainer; de manhã, ele ri para mim do jornal, cavalgando de maneira ousada na grande mão de sua criada, como se estivesse saindo de um estábulo. Eu gostaria de trazer um pônei verde para o menor dos pintores da Secessão, ele teria de ser tão verde e cintilante quanto uma árvore, essa seria a coisa mais engraçada que eu poderia imaginar. Há muito tempo a natureza brota na placa de asfalto da cidade; o coração forte e pétreo de Berlim se agita. Aromas dos pinheiros colorem o sangue nas veias e os rostos parecem mais frescos. Mas que me importa, eu não tenho mais interesse pelo bem-estar deste mundo, só me entusiasmo com as quinquilharias mais pobres; bolas de cristal de toda sorte de cores suaves, algumas em forma de pequenos altares, em cujos nichos brilham escondidas flores cintilantes de Maria. Acho que sim, sinto as flores vítreas no meu peito. Essa revelação! E olhe que não sou cristã; o que em mim poderia se tornar cristão? Isso significaria repudiar o próprio sangue. Essa constatação deveria ser a riqueza mais altiva do povo de Jeová.

Gulliver construiu uma cidade aqui. Ele é arquiteto; foi o que Adolf Loos me contou. Mil anões do tamanho de palitos de fósforos pisoteiam as ruas atravessando o mercado de Midgesstown[83]. Nós, gigantes, éramos em cinco e tínhamos vergonha de nosso tamanho — e andávamos cuidadosamente

83 É a forma usada por Else Lasker-Schüler para se referir à cidade dos Liliputianos n'*As aventuras (ou viagens) de Gulliver* de Jonathan Swift. Em inglês seria *Midget-town*. Em 1912 havia uma propaganda nos jornais berlinenses de uma Midgets-Town com 70 habitantes como atração, ao gosto da época de expor pessoas.

curvados. E ainda assim tivemos azar; um de nós, o ator Murnau, esmagou um anão. Vocês leram sobre isso? E Peter Baum enfiou um bombeiro de dez centímetros de altura no bolso, absorto em seus pensamentos. Só detetives e policiais andam por lá. Caius-Maius, o Dr. Hiller, parecia um canibal dócil, com sua barriga redonda. E Hans Ehrenbaum-Tegele convidou os anões para beber o ponche de Ano Novo; acho que quer jogá-los dentro do ponche.

Herwarth e Kurtchen, vocês conhecem com certeza Chamay Pinsky, ele foi pra Jerusalém com Beatriz, para fermentar a terra. Aquele pilantra! Ele sabe muito bem que a Terra Prometida é lugar de pessoas prometidas. E não de burgueses judeus que se mudam da Posnânia de Berlim para a terra dos reis; sua religiosidade consiste em matzás[84] esfarelentos, caldo de carne gorduroso[85]. Por quarenta anos, Moisés ensinou a seu povo a liberdade do deserto e o rugido dos chacais, e a ler a lei do semblante divino antes de guiá-los pelo portal de Jerusalém.

Penso muito em religião agora, mas a religião precisa de um mundo: estar sozinho. Não um idílio em uma casa tranquila. Eu estava destinada a prestar serviço no templo, das margens de riachos tranquilos eu colheria santos para Deus. E manteria a luz azul da alma.

---

84 Pão branco de farinha e água, sem fermento, substituto do pão no feriado da Páscoa judaica.

85 Faz parte dos alimentos consumidos no sabat e nos feriados judaicos.

Além disso, eu coloco *imagens piedosas* entre as estrelas que pairam acima do Santo dos Santos, e eu sempre me ajoelharia diante de Deus, para não desencadear sua ira. Eu digo a Deus: tu; eles o tratam por tu.

(XVII)

Queridos Herwarth e Kurtchen, deve haver então alguma razão para meu estado de ânimo religioso. Vocês devem estar achando que é o remorso a me atormentar. O pecado me apareceu, vocês acreditam, com o purgatório nas mãos, ou a serpente acabou finalmente conseguindo sim me influenciar. Credo, vocês me acham capaz de construir um estado de espírito religioso sobre palafitas, em algum lugar adentrando o dilúvio. Confio em minhas boas e más ações. Não sei o que é pecado, pode ser que de repente eu pegue algum por aí com doces, nunca notei nada. Vivo a vida como num *tableau*, no qual estou sempre no centro. Por vezes me penduram em um lugar desfavorável, ou algo no meu entorno se desloca, tampouco estou satisfeita com a moldura. Molduras são limitações, não arte, limites que não são traçados por um deus, mas por um diletante divino. As molduras redondas ainda têm algo de circular, mas as quadradas, moderninhas, saíram do cosmos de uma maneira totalmente humana. De meu quadro vejo então a vida; qual dos dois eu levo mais a sério? Ambos. Eu morro na vida e torno a respirar no quadro.

Hurra!

Queridos Nórdicos. Eu me sinto cinza, repentinamente, tal como o dia; logo será noite; devo ficar acordada ou dormir. Será que é melhor viver a vida ou desperdiçá-la? Tudo deveria valer a pena, mesmo o que não existe. Sei que em algum lugar um Adriano[86] ou um faraó anseia por mim. Isso é ou não é verdade? Porém acho que tal pensamento vale a pena. No entanto, o cidadão comum não perde nada em pensar dessa forma; a mim talvez me custe a vida. Vocês creem que minha vida é substituível? Vale a pena substituir a minha vida? Quero que me respondam a esse pensamento. Mas eu falei de Adriano, falei do rei egípcio, que usa uma pirâmide como coroa, vamos à guerra em cima de dromedários. Vou sentada atrás dele, encostada em suas costas e minhas flechas passam raspando pelo seu coração para entrar nos corpos dos inimigos. À noite ele pinta meus lábios com seus beijos.

Herwarth, Karl Kraus, o Dalai Lama, encontra-se em Viena, mas lá embaixo em seu escritório está pendurada a mão dele em mármore[87]. Parei diante do quadro de cortiça, no qual ela aponta retesada para baixo, ela se mexeu como se quisesse me explicar algo. Essa mão, uma mão segura de ministro, uma mão bondosa de diplomata, uma mão bruxuleante, ela pode atear fogo a uma cidade. Em seu entorno, meus olhos dançam polca. Prefiro lutar com essa mão para passar o tempo. Que essa nobre luta cesse! À noite sonho com frequência com as guerras de nossas mãos e me surpreendo que você ainda encon-

86 Imperador romano.

87 Refere-se provavelmente a um retrato de Karl Kraus feito por Oskar Kokoschka, em que uma de suas mãos aponta para cima e a outra para baixo.

tre de manhã as dele penduradas no quadro. De um tempo para cá ela até sorri. A mão do ministro, uma séria bela flor mongol, uma mão, onde todos terminam sua jornada. O que será que ele pensa da minha mão à toa, feita de jogo e sangue?

Querido Herwarth, o que é a vida senão uma competição de vaidades face à ascensão para a eternidade. Estou agitada, hoje já tive algumas vezes a sensação de que vou morrer. Ainda que eu viva em um quadro, que eu seja um quadro, meu obscurecimento diante de ti me causa dor há algum tempo. Já quase não podemos nos ver, Herwarth; todas aquelas pessoas que querem que façamos as pazes são meros restauradores ou retocadores, querem nos reavivar; passar tintas falsas e forçadas por cima das originais. Falsificação! Ressurreição de mau gosto! Seria melhor embalsamar as pessoas sobre as quais se abateu a noite. Bateram várias vezes a minha porta hoje, algo terrível está acontecendo no mundo, só falsificações, com as quais as pessoas gastam seu dinheiro. E digo uma coisa para você, eu gostaria de ter uma ponte, todos teriam de me pagar pedágio — pedágio para passar pela ponte. Já que estou morta mesmo, decidi ao menos ficar rica.

Herwarth, primeiro vou enviar mais um poema para você publicar na *Der Sturm*. Estou perdidamente apaixonada por uma pessoa, mas não vou dar qualquer detalhe. Assim poderia sempre ser dedicada a você.

Tu és tudo que é de ouro
neste vasto mundo.

Procuro tuas estrelas
E não quero dormir.

Deitemo-nos atrás de cercas vivas
Não nos levantemos jamais.

De nossas mãos
Beijaremos doces fantasias;

Meu coração vai buscar
Rosas de sua boca.

Meus olhos te adoram.
Tentas alcançar suas borboletas.

O que farei,
quando não estiveres aqui.

Das minhas pálpebras
escorre neve negra.

Quando eu estiver morta.
Brinque com minha alma.

Enviei o poema *A alguém* para Ludwig Ullmann, para o panfleto dele:

Caro Ludwig Ullmann. Era noite quando sua carta chegou, eu acabara de me enforcar, só que de manhã não consegui achar a árvore. Se é uma sorte para o seu panfleto, não sei avaliar. Pois ainda estou muito debilitada por causa da trabalheira com o enforcamento. Faça algo para animar as pessoas por mim, eu não tenho ânimo no momento. Berlim também é tão entediante, não é interessante nem para viver nem para morrer, coisas que eu posso avaliar bem. Seu cartão foi um bálsamo para mim, escrito de forma tão reconfortante; suas letras foram como água da fonte, de modo algum insípidas. O senhor deveria sempre fazer poemas sobre florestas, isso seria bem típico do senhor. De qualquer modo, acompanhe-me ao Prater[88] quando eu for a Viena. Atenciosamente, Sua E.L. Sch.

Queridos Rapazes, pretendo tornar-me príncipe regente. Todos não teriam de me pagar tributos? Escrevi ontem ao Dr. Ernst R. W. Frank: Sire. O senhor percebeu corretamente que eu sou o Príncipe de Tebas. O senhor quer fazer chegar a mim uma espada como presente. Peço-lhe que junte a ela duzentos siclos[89] de prata, em alemão são duzentos marcos, para que eu possa dar a seu criado a paga devida. E eu posso tê-lo em mais alta conta! Confio que esse Doutor lerá minha carta com todo o respeito, ele é nefrologista, tem em si algo de boêmio, trata com especial prazer rins flutuantes.

Há pouco veio uma dama de Praga pedir-me que fale em sua associação. Como eu escrevo tanta

88 Tradicional parque de diversões em Viena.

89 Moedas de prata. Essas moedas têm um valor simbólico na Bíblia pois Judas recebeu 30 moedas de prata (siclos), o que havia sido previsto pelo profeta Zacarias.

coisa de graça, tenho de exigir o dobro para falar. Willy Haas a mandou de Praga a minha casa. Cobrei mil marcos; duzentos marcos especialmente pelos meus poemas de amor. A dama ficou chocada, mas prometeu falar com sua associação sobre minha exigência. Minha aparência também estava extremamente patética, puxei meu manto real algumas vezes sobre meus ombros, em dobras desordenadas. Não falo nunca mais sem pagamento, a não ser conjunções; quem sabe eu não encontre um cônjuge.

Herwarth, Ludwig Kainer quer ilustrar minhas histórias de califas, mas aqui não dá para conversar sobre isso, se eu conto pra ele do rosto de meu pai Mohamed Pascha ou Ached Bey, o califa, ou do faquir; alguém sempre se intromete; temos mesmo muitos conhecidos em Berlim. E não posso receber ninguém aqui em casa, por toda parte há montes de cartas norueguesas para vocês. Mas meu ilustre ilustrador vai para Munique, vou viajar para lá então, por uns dias; a propósito, meu amigo Antoni, o príncipe da Polônia, me escreveu de Munique, dizendo que meu espírito teria aparecido para todos ontem no Café Bauer em Galla. Sempre tive curiosidade em conhecer meu espírito, meu corpo astral, dizem que ele é rico, vou lhe pedir dinheiro.

O pintor Schmidt-Rotluff me escreveu: Príncipe de Tebas, quero pintá-lo com seu criado negro Ossmann. Gostaria que ele me pintasse no segundo plano de seu manuscrito, bem no meio dele. Nada além de grutas de cobras, vegetação de floresta, coqueiros, corpos de macacos do tamanho de homens. Não se pode ver o horizonte através de seu manuscrito, perde-se o ar com essa escrita. Ele e Richard Dehmel bebem da mesma fonte obscura. Vou contar-lhe histórias da minha vida. Vocês bem sabem que meu antepassado era chefe de um clã; seus netos emigraram para o Egito e alguns chegaram a ser faraós. Esse primitivo antepassado da floresta é o único ser humano que não descende do macaco. Tenho ainda nossa árvore genealógica em flor. Vocês não quiseram aceitar, mas o pintor da escrita monstruosa acreditará que eu descendo do abacaxi. Oh, essa inebriante cabeça de fruta selvagem com enfeite folhoso de cacique! Nunca comi abacaxi, nem sequer provei, por respeito, e olha que eu poderia devorar minha ascendência vegetal, como um canibal.

Herwarth, você sabia que Lukas Cranach já pintou a Vênus do Sião como Kete Parsenow. Então não sou a única a saber que Kete Parsenow é a Vênus, a verdadeira Vênus. Eu vi a Vênus sorrir, eu estava refletida nas lágrimas da Vênus, vi a Vênus dançar, vi a Vênus morrer. Eu, eu, eu, eu mal consigo me tocar de tanta veneração.

(XVIII)

Querido Herwarth, Paulinho[90] não quer mais ir ao cinema; diz que não conseguiu dormir a noite toda, havia uma pessoa louca no filme e nenhum garoto quer ir mais lá. Normalmente, ele gosta de assistir a desgraças. Ainda estava bastante agitado pela manhã e me contou o seguinte: havia um homem chamado Marius que arrumara uma noiva num baile e aí a garota escreveu pro Marius que à noite uma janela iluminada lhe mostraria onde ela estaria. No mesmo prédio havia um hotel, o prédio na verdade era um hotel, em frente a um hospício para doentes mentais do Dr. Russel, onde as pessoas são curadas com radiação pelo Dr. Russel. O sr. Marius se perdera na escuridão e entrou em uma cela do hospício. De repente chega um doente mental de carro e um enfermeiro o põe para dormir com radiação e ele adormece. Aí ele acorda e quer sair pela janela, mas cai diante da cama e imediatamente entra Marius e vê o louco e, morrendo de medo, se esconde atrás do biombo, mas o doente mental o agarra pela garganta e quase o mata estrangulado, mas só quase, de repente um vigia que faz sua ronda durante a noite ouve os ruídos e abre a porta e aí subitamente se pode ver o quarto do Dr. Russel, que está sentado na cama, fazendo a corte à noiva do Marius.

---

90 Filho de Else Lasker-Schüler.

Querido Kurtchen, amanhã vou ao seu escritório, na Potsdamerstraße 45, com a conta da matriz de seu desenho — e espero que você tenha se sentido bem retratado.

Nota: matriz seis marcos. Dois marcos e vinte o carro para ir à fábrica de matrizes; três marcos e cinquenta *com gorjeta* o jantar no Kempinski e 50 centavos pela água mineral Fachinger. No Café Kranzler[91] tomei chocolate por cinquenta e comi tor-

91 Tradicional café em Berlim, localizado na rua Unter den Linden, que funcionou de 1834 até 1999.

.nhas, que estavam velhas, por setenta e cinco centavos. Peguei então de novo um carro para ir ver a peça *Die großen Rosinen*[92]. (Meinhard atuou esplendidamente). Trinta chapelaria, sessenta no saguão (canapés de salmão). Peguei então um carro, fui correndo ao Café des Westens[93] para buscar você e Herwarth; não encontrei vocês, fui finalmente com o mesmo carro pra casa, mas cheguei tarde demais, tive de tocar a campainha para acordar o porteiro por vinte e cinco centavos. Faça as contas de tudo por favor, não erre nas contas. Mande emoldurar sua pintura com cuidado, e vá plantar batatas.

Até mais! Else L. —Sch.

Querido Herwarth, Querido Kurtchen, encontrei Adolf Lantz; ele usa uma cartola lustrosa desde que se tornou diretor.

Ultimamente tenho ido com menos frequência ao Café, já sei tudo de cor. Não é realmente tão difícil de aprender; cafés internacionais são mais difíceis de guardar na cabeça. Estou tagarelando de novo comigo mesma como se murchasse. Eu renunciei tudo

---

92 Peça farsesca de Rudolf Bernauer que estreou em 31 de dezembro de 1911 no Berliner Theater. O título significa "Passas grandes" e está relacionado à expressão idiomática antiga "große Rosinen im Sack haben" (ter passas grandes no saco), que significa "ter posses", por possuir passas de tamanho considerável. A expressão correlata "(große) Rosinen im Kopf haben", isto é, "ter passas na cabeça" ao invés de "no saco" significa ter ideias mirabolantes para atingir objetivos inalcançáveis.

93 Café na esquina das ruas Kurfürstendamm e Joachimstalerstraße, ponto de encontro de artistas e escritores antes da 1ª Guerra Mundial. Foi fechado em 1915. É citado no texto muitas vezes apenas por "o Café", deixamos em letras maiúsculas para diferenciar de outros cafés que aparecem no texto.

ao tempo, como um asceta precipitado, agora o vento leva consigo minhas últimas palavras da cor de outono. Logo estarei totalmente vazia, totalmente branca, neve que caiu na Ásia. A terra nunca esteve tão gélida quanto estou agora; de que mais posso morrer! Fui levada pelo vento, já me fui, de meus ossos não se pode mais construir nenhum templo. Mal conseguiria lembrar-me de mim mesma, se todos os ventos não soprassem na minha cara. Oh, tu, mundo, oh, labirinto, não gosto mais de teu perfume, ele faz crescer sonhos falsos. Tu, medonha profetisa do mundo revelada, arranquei-te a máscara do rosto. Para que seguir aqui na terra, onde não há estrelas.

Agora estou totalmente dependente de minha alma e pisei hesitante minhas praias. Tanta selva! Serei devorada por mim mesma. Celebro sangrentos rituais pagãos, uso máscaras malignas de animais e danço com ossos humanos, com as coxas de vocês dois[94]. Tenho de ter paciência. Tenho paciência comigo.

Schmidt-Rotluff me pintou sentada na tenda. Um mandril que compõe cânticos de guerra. Schmidt-Rotluff me pintou como mandril, e sou descendente mesmo do abacaxi. Vocês superaram o macaco; não se pode mesmo fugir as suas origens. Estou encantada com minha personalidade colorida, com meu horror original, com minha periculosidade, apesar de minha testa dourada, minhas pálpebras douradas, que vigiam meu compor azul. Minha boca é vermelha como uma fruta silvestre, em minhas bochechas o céu se adorna para a dança azul, mas meu nariz tre-

94 Trata-se de uma referência às *Aventuras de Robinson Crusoé*, de Daniel Dafoe.

mula em direção ao leste, uma bandeira de guerra, e meu queixo é uma lança, uma lança envenenada. Assim canto meu cântico dos cânticos. Oh, Herwarth, vocês não conseguem mesmo sentir o que eu sinto — o que lhes restou do macaco? Herwarth, você não precisa dizê-lo de novo, eu juro pelo profeta Darwin, sou meu único amor imortal.

Querido Herwarth, ouvi dizer que você vai fazer uma apresentação musical no cabaré Gnu de Caius-Maius. Ainda não sei se poderei ir. O Gnu pariu tantos filhotes, que seguramente não ficarão cegos a sua música. Alguém andou dizendo por aí que suas composições já não me interessam, desde que você dedicou uma de suas canções a outra — que não a mim. Esse alguém não está tão errado assim. Subjetivamente não me interesso mais! Sempre acreditei que só você conseguiria suportar meu brilho, de modo que não haveria nenhum anseio pálido em você.

Querido Herwarth, vou sim ao espetáculo de Dr. Hiller, pelo menos para levar uns bombons à pequena Martha Felchow. Ela fica sempre sentada na porta de entrada entre Prolet e Gnu e sempre cobra o pedágio.

Ouvi dizer que Ludwig Hardt fez uma apresentação mais uma vez grandiosa no salão Choralion[95] — ele é o único intérprete verdadeiro de Liliencron.

95 Choralion Hall – antiga sala de concertos em Berlim no início do século XX.

Uma vez ele fez uma noite de Liliencron só para mim, em um dos cantos do café. Sua apresentação tem o estilo da alma suave de Liliencron, o aço de seu coração. A voz de Ludwig Hardt marcha com esporas pelos poemas marciais do poeta. Ludwig Hardt é um soldado lírico, é nobre, como Liliencron. Sua família, uma leoa, está presa a uma corrente dourada.

Hoje Ludwig Kainer vai vir e me desenhar para a *Der Sturm* como o príncipe de Tebas. Meus dois negros, Oßmann e Tecofi, o filho do chefe, vão recebê-lo no pátio de entrada de meu palácio. Vou usar um vestido de gala e meu cinto de conchas e a pedra do Islã do sultão sobre meu coração, e vou parecer com "ele".

Querido Herwarth, Querido Kurtchen, pretendo organizar uma grande festa; meus aposentos não são espaçosos o suficiente e fui hoje de manhã ao novo bairro em torno do castelo, visitar a Marquesa Auguste Fürst-Foerst, cuja mão, envolta em luva de renda valenciana, beijei com veneração. Ela foi como sempre de uma delicadeza ímpar e pôs seus salões a minha disposição após meu pedido. A esperança de também poder vir como convidada a minha grande festa a alegra infinitamente. Então acompanhou-me por entre os papéis de parede de rosas de seus corredores; "Sereníssima Marquesa" — Marquesa (sorrindo complacentemente para mim): "Alteza"...

Herwarth, encontrei mais um desenho de S. Lublinski, de quando o desenhei secretamente por cima de inúmeras cabeças no café, já que havíamos brigado antes. Ele era uma figura. A única qualidade que revela uma figura completa é a coragem. Portanto, ele era *muito mais do que* uma figura, era uma estrutura enferrujada.

Herwarth, aqui está a carta aberta que estou escrevendo para Paul Cassirer.

Sir, para mim não foi nenhuma surpresa admirar as obras de Oskar Kokoschka em seu elegante salão de exposições. Alguns dos observadores contiveram o riso com certeza em respeito ao senhor, pela crença inabalável em sua fama de grande conhecedor de arte, Sir, por conta de sua segurança na avaliação das cores e dos valores bem como do espírito da nossa época, Sir; no dia em que o senhor expôs Oskar Kokoschka em seus salões, projetou-se cem anos no futuro, por ser o primeiro *marchand* de artes em Berlim a reconhecer o valor imorredouro de suas criações. Ouvi com igual espanto que o senhor pretende organizar uma segunda exposição de Kokoschka em suas salas, cópias do gênio dele. Por que, se ele ainda está vivo? Por que diluir vinho de qualidade só porque visitantes com pouco discernimento ficam com taquicardia!? Ou ficam embriagados e cambaleiam ou ficam agitados. Faço-lhe um apelo muito educadamente, Sir, que desista dessa exposição. Como Oskar Kokoschka não há igual, ele não tem sequer um primo, mas tem um amigo da onça. Conto com sua compreensão, Sir, e além de mim assinam este pedido outros admiradores sérios dos quadros de Oskar Kokoschka para que desista de uma exposição de cópias que um certo alguém pretende fazer em suas salas. E receba os meus mais cordiais e respeitosos cumprimentos, Sir.

Else Lasker-Schüler

Oppenheimer também tem admiradores — sim, senhor — pendurados no seu relógio de bolso. Max Oppenheimer, Abade. O senhor queria me enfiar de volta no confessionário... Pois ninguém sabe tão bem quanto eu que o senhor emite letras de câmbio coloridas com a assinatura de Oskar Kokoschka. Por quê? Já que o senhor mesmo sabe pintar. (Escrevi isso para ele no café, ele acha que eu, le Prince de Thebe, sou o instrumento de uma facção.)

(XIX)

Escrevi:

Hoje no almoço comi a primogenitura[96], tudo bem que não eram lentilhas, mas ervilhas. Havia uns pedacinhos boiando e os restos de uma orelha de porco. Estou inchada, mas seu rosto, Caius, ficou ainda mais redondo, como uma lua cheia. Como ousa referir-se a nós, principalmente a mim, em sua palestra, como idiotas; ainda mais porque o senhor bem sabe que sou uma idiota. Mas não precisa me lembrar disso, é indelicado, é até mesmo vulgar de sua parte. Ao Gnu não mais irei, pra mim basta.

Herwarth, ontem meu tio, que é ministro no sul da Alemanha, foi ao balé russo comigo. Atrás de nós estavam sentadas duas radiantes damas de São Petersburgo, entre elas o sr. Barchan, o feiticeiro. Algumas vezes ele fez aparecer num passe de mágica peixes frescos em nosso apartamento e logo os engoliu, vivos; uma vez ele quis fazer você desaparecer, Herwarth, você se lembra? Quero dizer, negar sua existência, mas a manga dele não era larga o suficiente.

---

96 Refere-se à primogenitura que Esaú vendeu a Jacó por um prato de lentilhas (em alemão *Erstgeburt* por *Erstgeburtsrecht*).

Já escrevo cartas norueguesas há três meses ou mais. Vocês não vão viajar de novo daqui a pouco? Talvez uma segunda viagem me anime tanto quanto a viagem de vocês ao Polo Norte. Se bem que eu desaprendi a escrever com sol, minhas histórias de antepassados exigem oriente. Também amarrei patins a minha narrativa histórica e deixei correr solto, nem me importei para onde. Escrevi então a maior parte de minhas cartas de qualquer jeito, sem capricho; a história, porém, só pode ser escrita com o coração; o coração é imperador. Com que é mesmo que eu escrevo meus poemas? O que vocês acham? Escrevo-os com minha forma mais invisível, com a mão da alma, — com a asa. Se ela existe? Com certeza! Mas podada pela vida maliciosa. (Mística).

Querido Herwarth, além disso, desenhei o diretor do Gnu, Caius-Maius = Dr. Hiller em seu Teatro Gnu, sentado à mesa no palco. Ele fala do filhote lunar de gnu malhado — por causa do barulho só entendo a metade — em seu cérebro — se reflete eletricamente à lâmpada.

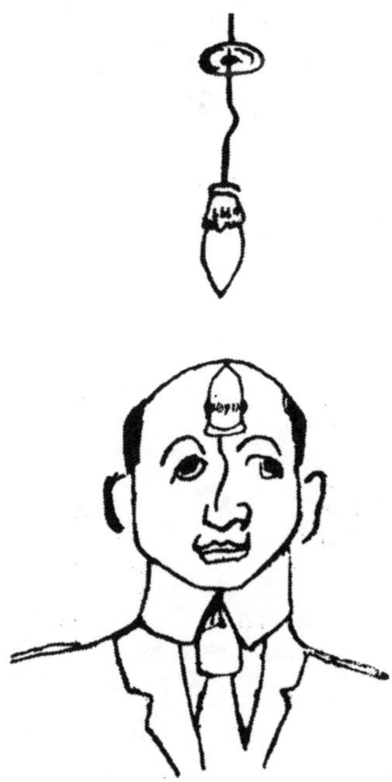

Oh, Herwarth, oh, Kurtchen, como o mundo mudou; antigamente a noite era negra; agora, bem loura.

Querido Kurtchen, já sabe que uma de suas clientes comprou a *Der Sturm* e está mandando cobrir as paredes do quarto dela com fotos suas! Ela canta: "Vi sua foto na *Der Sturm*!"[97].

Meus garotos, finalmente descobri o que é arte: você tem de desenhar como você opera. Se você cortou um pedaço de pele a mais ou deu uma pincelada mais longa, não tem qualquer importância! — E o apelo avassalador do público pela música também ficou claro para mim. É a língua que mais trabalha quando se escuta, ela cresce, por assim dizer, em direção ao ouvido, ela experimenta; agrada-lhe em particular a música patriótica: *Alemanha, Alemanha acima de tudo*[98], canções folclóricas, canções picantes de operetas; Carmen, esplêndido banquete de casamento; O Santo Graal de Wagner[99] tampouco deve ser desprezado. Sua música, Herwarth, de dança e espadas, de primavera e pastores, de lua e noite e estrelas, a multidão também a devora como sopa de tartaruga e ninhos de pássaros indianos — assim espero!

No momento, todas as noites tomo chá *Chambard*, uma bebida feita de camomilas douradas,

---

97 Refere-se a uma canção conhecida à época com o verso "Ich habe dein Bild im Traum gesehen" (Eu vi sua imagem/ sua foto em meu sonho).

98 Referência ao texto da *Deutschlandlied* de 1841 de August Heinrich Hoffmann von Fallersleben (1798-1874) feito especialmente para uma melodia de 1797 de Franz Joseph Haydn ("Gott! erhalte den Kaiser"), só se tornou, em 11 de agosto de 1922, na República de Weimar, o hino oficial da Alemanha, ainda com as três estrofes originais.

99 Referência à ópera Parsifal de Richard Wagner.

campânulas azuis e pétalas de rosa. Anotei a receita perfumada para Peter Altenberg, para a continuação de seu livro *Prodromus*. Ouvi dizer que ele cuspiu no meu primoroso poema, no meu velho tapete tibetano, com isso, ele só pode se tornar mais antigo e valioso.

Peter Altenberg, o poeta dos austríacos, viva!!!

Querido Herwarth, quando me encontro com o professor Herrmann, não tenho como não pensar em nuvens baixas; quando penso em Julius Hart, sei onde uma vez encontrei anjos! Max Herrmann e Julius Hart são (deixemos as maquinações de lado) almas entrelaçadas.

(XX)

Querido Herwarth, Querido Kurtchen, dei meus dois anéis de presente; sinto muito, mas eu mandei engastar em latão um escaravelho marrom de vidro; ele está no meu dedo médio como num galho nu de outono e anseia pelo verão e pelo sol, por flores e folhas de prata e provavelmente por um pequeno vagalume.

Herwarth, estamos apenas no caminho, a vida é apenas caminho, não tem chegada, porque não vem de lugar algum. Para onde se deve ir então? Refugiar-se sempre em si mesmo! É por isso que as pessoas são tão pobres, seus corações são asilos, elas se sentem seguras em seus lares gregários. Para onde se deve ir então? Meu coração está desmoronado; oh, essa solidão entre colunas quebradas! Você conhece um coração luxurioso — e ainda que seja feito de mármore?

Meus queridos, fiquei muito curiosa; começo a me perguntar se sou intelectual ou obtusa? Às vezes penso em algo que vai além de meus limites; certamente já penso há um longo tempo além do seu horizonte. Mas aonde vou chegar, se ainda estou agarrada em cima de meus muros e cercas, onde a terra ainda não se separou do mar? Quem vai ser meu criador!! Amarei meu criador ou o adorarei com veneração?

Quando estiver gravemente doente, não chamarei um médico, Herwarth, mas um astrônomo, ou pelo menos um astrólogo ou um faquir, ou um malabarista, tanto faz. “Ele” terá a capacidade de determinar, mais do que o professor mais reconhecido, a distância entre meu corpo astral e minha constelação psíquica.

Herwarth, eu compus (não escrevi) minha tese de medicina, motivo pelo qual certamente vou receber o capelo de médico, mas só poderei usá-lo durante o Carnaval.

Querido Herwarth, mandei publicar no jornal *Berliner Tageblatt*[100] um anúncio procurando pelo ilustrador da revista satírica *Simplizissimus*[101], Ludwig Kainer, e por sua esposa, a pintora. Ambos sumiram

---

100 Jornal de língua alemã publicado em Berlim entre 1872 e 1939. Junto com o Frankfurter Zeitung, tornou-se um dos jornais alemães liberais mais importantes de seu tempo.

101 Simplicissimus – revista semanal satírica alemã publicada em Munique. Iniciada por Albert Langen em abril de 1896 e publicada até 1967, com um hiato de 1944-1954. Tornou-se uma revista quinzenal em 1964. Tomou seu nome do protagonista do romance de Grimmelshausen, Der Abenteuerliche Simplicissimus Teutsch, de 1668. Combinando conteúdo arrojado e politicamente ousado, com um estilo gráfico brilhante e surpreendentemente moderno, Simplicissimus publicou o trabalho de escritores como Thomas Mann e Rainer Maria Rilke. Seus principais alvos para a caricatura eram figuras militares prussianas rígidas, e as rígidas distinções sociais e de classe alemãs, vistas a partir da atmosfera mais relaxada e liberal de Munique. Entre os colaboradores estavam Hermann Hesse, Gustav Meyrink, Fanny zu Reventlow, Jakob Wassermann, Frank Wedekind, Heinrich Kley, Alfred Kubin, Otto Nückel, Robert Walser, Heinrich Zille, Hugo von Hofmannsthal, Heinrich Mann, Lessie Sachs, e Erich Kästner.

de repente. Mas continuo lá trancada nas paredes do apartamento deles. Me pergunto o que vai acontecer com as diversas versões de mim mesma?

Kurt querido, existe pena de prisão para quem xinga o outro de canalha? Ou paga-se apenas multa? Ou um palavrão, como canalha, por exemplo, prescreve depois de dois anos? Insultei alguém assim há dois anos; quero finalmente me livrar dessas amarras.

Às vezes me lembro da fã da véspera de Ano Novo no Café des Westens. Ela se ajoelhou na minha frente (para mim, uma posição extremamente desagradável), mas ela se ajoelhou no sangue, pois o vinho ilhava nossa mesa. Eu usava o meu traje de guerra e todos os meus punhais, e nunca fora o Príncipe de Tebas tão distinto, como na passagem do ano velho para o Ano Novo. Prometi à fã não usar mais o baixo-alemão em minha correspondência norueguesa; no fundo nóis, eu e Pitter Boom, só usa a linguagem coloquiá pru mode de ispressá irmandade.

(XXI)

Querido Herwarth, nem adianta, vou te enviar esta carta até que você a publique na *Der Sturm*. É claro que acredito em você, que isso machuca você, publicar essas linhas do meu coração, mas como não aprendi a me controlar, exijo isso dos outros. Com certeza, não foi fácil pra você domar seus leões — *poodles* obedecem mais; eu já dissera a você, os temperamentos fortes só latem ou gemem, alguns também ladram.

Lema: o sol traz segredos à tona.

No meu caso, Herwarth, o sol causa menos estragos, mas em questão de arte, não posso mentir. Minha arte traz segredos à tona. É que fui assistir à peça *Todo o mundo*[102], de Hofmannsthal, ou como é mesmo o título: *Todo tipo de coisa*? Acho que é *Todo tipo de coisa* para *Todo o mundo* ou *Todo o mundo* para *Todo tipo de coisa*: entrem, senhoras e senhores, no gigantesco espetáculo Kasper, no teatro de marionetes em Berlim! Encena-se uma peça luterana, especialmente para os judeus "batizados", muito edificante e que vale a pena assistir. Todos

---

102 O título da peça em alemão é *Jedermann*. A peça da morte do homem rico é baseada em várias peças de mistério medievais, incluindo a peça de moral inglesa *Everyman* do final do século XV. Foi apresentada pela primeira vez em 1 de dezembro de 1911, em Berlim, dirigida por Max Reinhardt no Circus Schumann. Desde 1920, tem sido apresentada regularmente no Festival de Salzburgo.

os judeus batizados estiveram na apresentação-exibição luterana e ficaram *especialmente* edificados pelo anjo germânico loiro de azul e papada. À direita, uma pequena mancha; à esquerda, uma mancha de um ser humano ou anjo na tela das marionetes e como a consciência começou a uivar: todos aqui, todos acolá. Como isso se originou — penso que dos estábulos, Herwarth. Não, nesse caso é melhor irmos à quermesse em Colônia, às margens do Reno, e assistir a um teatro de marionetes de Colônia, e ali o diretor Reinhardt deve procurar ingenuidade, e não mandar fazer uma ao estilo vienense de Hofmannsthal ou fazer uma cópia fajuta, um mistério britânico-luterano, um bocejo característico com um amontoado de falsas rimas ainda mais apavorantes e entediadas de um "revisor". Imagine se ele tivesse se tornado escultor, e remendado a escultura, substituindo os dois braços da Vênus de Milo!

Veja só a literatura que ele desenterrou: primeiro, o Édipo de Sófocles e alimentou-o com sangue vienense; ele fez de Electra uma "professora" demoníaca. Ele não tem imaginação. As pessoas sempre dizem, Herwarth, porque ficam perplexas: sim, a senhora ainda não leu o poema dele "Crianças com olhos grandes"?[103] — Eu até li seus poemas "O Tolo e a Morte" e "A morte do Ticiano"; poemas brilhantes certamente, mas esculpidos no granito de Goethe ou de George. Se todo o mundo soubesse o que todo o mundo é etc. — uma blasfêmia, uma

---

103 Alusão a dois poemas do tipo terceira rima de Hoffmannsthal.

zombaria de uma piedade antiga, de uma composição religiosa. A vida e a morte, o pecado e a punição, céu e inferno, tudo é reduzido a exibicionismo, como os elefantes e os cavalos árabes decorados com fitas e bugigangas, se ao menos fosse para a alegria das crianças como aqui, mas é para a edificação do público rico e ávido por diversão, que horror, tomara que o espumante seja melhor.

Alguns dias antes do Natal, o diretor Reinhardt solicitou minha peça *Die Wupper*. Ela está em sua casa há aproximadamente dois meses; minha peça tem vida, minhas criaturas querem continuar a viver. Agora minha peça será refém nas mãos de Reinhardt, ele jogará minha obra no fogo ou a devolverá com algumas poucas considerações de seus secretários. Não importa, quero evitar qualquer comoção ou sentimentalismo, Herwarth, tenho de sacrificar minha poesia à verdade[104], não obstante minha ambição. O Príncipe de Tebas se desvencilha do último de seus grilhões. Só me darei por satisfeita quando puder dizer ao senhor diretor Reinhard essa verdade aqui: a encenação de *Todo o mundo* é um ato inartístico, uma ignomínia — sobretudo dele, que é considerado infalível pelo público. Se o poeta Reinhard precisa de dinheiro, que seus secretários o roubem, não se pode enganar os cofres, mas apresentar não-arte como arte aos espectadores, tais presentes ele não se pode permitir. Lá fora os

104 Referência ao subtítulo da autobiografia de Goethe "*Aus meinem Leben: Dichtung und Wahrheit*" (De minha vida: poesia e verdade).

social-democratas estavam alvoroçados[105], era dia da eleição — uma revolução ainda mais forte me invadiu, à noite morreu minha última esperança de que a produção de meu drama estivesse sob a direção artística de Reinhardt, que eu admirara em tantas outras produções. Com esta carta, exijo de volta minha obra. Será que ele já leu? Ela deve tê-lo impressionado.

105 Nas eleições de 1911, os social-democratas conseguiram se tornar a maior bancada no parlamento alemão.

(XXII)

Meus dois queridos. Quando me levantei hoje, um pequeno sol rastejou para cima de meu pé e brincou dc esconde-esconde com ele tal qual uma lagartixa colorida. Hoje estou muito feliz, meu quarto está aconchegante, o ar frio, que adentra pela janela, tem um gosto bom e meu armário está cheio de lindos vestidos de festa: um dourado, um da cor de palmeira e um vestido de seda cristal que farfalha. E meus trajes de guerra são pacíficos, a calça larga de seda negra é enfeitada com doces bordas de pérolas e, das conchas de meu cinto, caracóis se encontram e estendem seus pequenos chifres de coral uns na direção dos outros: *Allah machâh.* — São todas conchas que apanhei às margens do Nilo. E na minha bolsa de guerra entre cascas ásperas de frutos ainda não maduros encontro rosas açucaradas que são doces de comer. Estou apaixonada. —

Herwarth, Kurt, diz ele que tem mãos largas. Eu acho suas mãos maravilhosas e tocantes, pequenas mãos de criança, mas vistas com lupa, como se quisessem mesmo ser grandes. Brinco o dia inteiro com suas mãos; em cada dedo pus um anel, cada um com uma pedra rara diferente. A de seu dedo mindinho conta a história de meu bisavô, do sheik, do sacerdote mor de todas as mesquitas. No dedo anular ele leva a lenda do faquir, do irmão da esposa do emir do Afeganistão, que era primo de minha mãe. No dedão, ameaça-lhe a mais sangrenta das guerras, uma pedra fendida e escura com a efígie de Constantino[106], o cruzado, a quem decepei a cabeça na batalha perto de Jerusalém. "Ele" próprio é um cruzado, encontro-me em apaixonado desespero.

Você dois vão querer me informar por telegrama que não é de bom tom eu me apaixonar por um cavaleiro?

Tino de Bagdá.

Em vez de me responder por telegrama, vocês me perguntam quem é "ele". Mas já deixei claro uma vez que não direi mais qualquer detalhe. É alto e esbelto e quando seus olhos se abrem felizes florescem como um campo cheio de escovinhas. Eu lhe disse: sempre que abrir seus olhos sorrindo, lhe darei de presente um palácio, ou uma palmeira dourada, ou um punhado de pérolas negras ou a Ásia inteira. Tenho de contar a vocês mais uma coisa intrigante: ele me pediu, insistiu que eu não fosse mais ao Café. Fiquei tão comovida que obedeci, naquela noite não fui mais ao café. Na noite seguinte eu estava lá de novo; ele estava muito triste quando disse isso; ele teria perdido uma batalha. Fiquei inquieta, ele deveria ganhar todas as batalhas, ainda que eu tivesse de ajudá-lo a me decapitar. Ou vocês acham que eu iria ao Café mesmo sem cabeça? Ir só com meu torso

106 Personagem do conto *Der Kreuzfahrer*, de Else Lasker-Schüler, em que a narradora e heroína corta a cabeça ao cruzado e rei Constantino durante uma batalha.

fraco, parco, baço ao objetivo charco? Oh, que patético, não? Mas não há mesmo nada mais objetivo do que o Café, depois de a pessoa ter sido a protagonista da própria literatura, em casa, em sua escrivaninha. Fascinante livrar-se de seu fardo mais intenso. Digam, vocês dois, o Café pode ou não me fazer mal? Herwarth, você que sempre afirma que sou um gênio, isso é com você. Devo me separar então — "dele" — e voltar ao Café ou devo ficar com ele? "Volte, está tudo perdoado!" Que horror! ... Ele tem o perfil mais lindo que já vi, a quem devo fazer essa confidência. — A você, Herwarth: ele é o Conradino que matei em Jerusalém, a quem eu odiava em Jerusalém e a todos os seus cruzados cristãos. A quem, além de a você, devo fazer essa confidência; os outros são mesmo todos filisteus. Quando nos amamos, ficamos todos lilás, somos gladíolos quando nos beijamos, ele me acompanha ao céu da Ásia. Não somos mais humanos. Você nunca me conta nada, Herwarth, ou sou eu que não deixo você falar, ou você que ainda não esqueceu que nós somos casados?

Agora só tenho a ele. Mas estou tão ansiosa como estarão minha morada e meu túmulo, o Café des Westens? É exatamente como se eu tivesse perdido um brinco, começo a não mais me sentir. Um bêbado tem de ir ao seu botequim; um jogador, a seu inferninho, só eu sou anormal. Mas sei que ele tem boas intenções, diz que as pessoas não me entendem. Mas o Café é o único segredo entre nós (até você ele conhece, Herwarth); o Café está lá, como uma costa entre nós. Haverá um lugar que seja esse bazar colorido como o nosso Café? E uma Circe mais amável e simpática do que a dona de nosso Café?

Seu Odisseu

Querido Herwarth, Kurth, já sabem da última? Caius-Maius está desaparecido, não tem mais permissão para ir ao Café, parece que se suicidou, em parte, ao menos. Eu mesma ouvi no Café, estava disfarçada de poeta, só o colecionador de Kokoschka, sr. Staub, me reconheceu, ele também é uma figura; foi ontem no primeiro dia da primavera de fevereiro, a neve deitava modesta sobre a sebe... Eu sou poeta! Mas veio tanta gente ao Café, com caras tão estranhas de animais, eu queria, às vezes gostaria de ter uma cara dessas para fazer medo. Adoraria ter conversado com o colecionador de Kokoschka, uma hora ele riu também, mas eu gostaria, eu teria — que diabos, se eu soubesse o que eu queria.

Herwarth, tenho de pensar muito, tenho novamente muito medo também. E sinto meu coração sempre tão estranho, não consigo dormir à noite e sonho realidades de olhos abertos. Há uma pessoa em Berlim que tem o mesmo coração que eu, seu amigo, o Doutor. O coração dele é xadrez: amarelo

laranja com pontos verdes. Humor macabro! E às vezes ele fica melancólico, aí o cemitério se reflete em seu pulso. É algo que todos têm de experimentar! Mas o meu por vezes fica duas vezes maior, ou fica púrpura-azulado. Se ele ao menos conhecesse arroubos do coração; mas às vezes ele sente inquietação. Conheço todos os tipos de coração, exceto o do burguês. Oh, o temor no coração, quando o coração afunda em um turbilhão de água ou flutua entre o céu e a terra nos dentes da lua ou desmorona — oh, o instante, quando minha cidade Tebas-Bagdá desmorona. Olhe bem os quadros, Herwarth, como estão bem delineadas todas as coisas e os disparates do coração. Não deveria se acreditar na realidade, ela pode ser refutada? De nada vale esta pequena amostra dos sentimentos do coração de minha poesia medicinal?

Passar bem, ainda quero escrever ao Dalai--Lama.

Ilustríssimo Dalai-Lama

“Chacoalharei a porta vermelha[107] de sua *Die Fackel* até que a abra para mim. Tenho um novo poema, compus um novo poema. Encasquetei que tem de entrar em sua *Die Fackel*, faça chuva ou faça sol,

107 A revista era conhecida por sua capa vermelha.

tem de ser publicado em sua revista. Não quero nem saber se o senhor a está escrevendo sozinho ou não, — tem de ser assim. Sua *Die Fackel* é meu jardim vermelho, eu levava sua *Die Fackel* como uma rosa sobre o meu coração, *Die Fackel* é minha perspectiva cor de rosa, meu ganha-pão vermelho. O senhor não tem o direito de escrever a *Die Fackel* sozinho, como poderei eu seguir alimentando-me de vermelho?

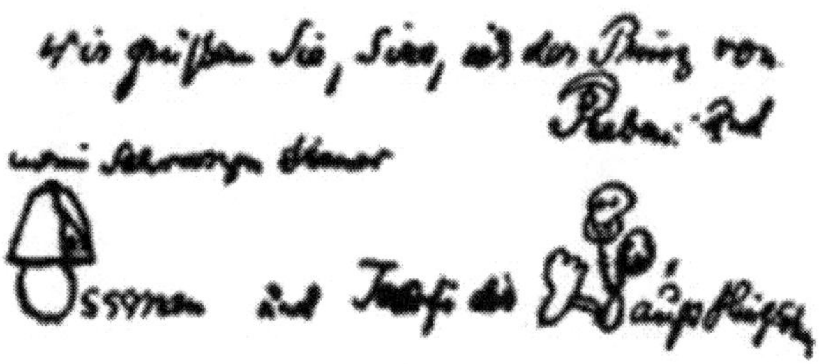

Nossos cumprimentos, Sire, meus, do príncipe de Tebas, e de seu criado negro Ossman e de Tecofi, o filho do cacique.

Logo não terei mais nada a dizer, Herwarth e Kurt. A propósito, vocês já estão de volta a Berlim há tanto tempo e minhas cartas norueguesas se aproximam de seu fim. Logo não terei mais nada mesmo a dizer, parece-me; quem mais irá declamar minhas poesias? Só o príncipe Antoni da Polônia sabe recitá-las, sua voz de luar é cristalina e todos os rostos que escutam se refletirão em meus poemas. Logo não poderei mais viver entre os seres humanos, fico tão entediada, com tudo e todos, não vejo nenhuma saída e não sei onde terminam esse tédio e essa tristeza. Ele, o príncipe, recita meus poemas para que brilhem por todos os caminhos sempre à frente de todos aqueles que por eles caminham, seja ao azul ou ao incerto.

(XXIII)

Querido Herwarth, nem adianta, vou te enviar esta carta até que você a publique na *Der Sturm*. É claro que acredito em você, que isso machuca você, publicar essas linhas do meu coração, mas como não aprendi a me controlar, exijo isso dos outros. Com certeza, não foi fácil pra você domar seus leões — *poodles* obedecem mais; eu já dissera a você, os temperamentos fortes só latem ou gemem, alguns também ladram.

É que fui assistir à peça *Todo o mundo*[108], de Hofmannsthal, ou como é mesmo o título: *Todo tipo de coisa*? Acho que é *Todo tipo de coisa* para *Todo o mundo* ou *Todo o mundo* para *Todo tipo de coisa*: entrem, senhoras e senhores, no gigantesco espetáculo Kasper, no teatro de marionetes em Berlim! Encena-se uma peça luterana, especialmente para os judeus "batizados", muito edificante e que vale a pena assistir. Todos os judeus batizados estiveram na apresentação-exibição luterana e ficaram especialmente edificados pelo anjo germânico loiro de azul e papada. À direita, uma pequena mancha; à esquerda, uma mancha de um ser humano ou anjo na tela

108 O título da peça em alemão é *Jedermann*. A peça da morte do homem rico é baseada em várias peças de mistério medieval, incluindo a peça de moral inglesa *Everyman* do final do século XV. Foi apresentada pela primeira vez em 1 de dezembro de 1911 em Berlim, dirigida por Max Reinhardt no Circus Schumann. Desde 1920, tem sido apresentada regularmente no Festival de Salzburgo.

das marionetes e como a consciência começou a uivar: todos aqui, todos acolá. Como isso se originou — penso que dos estábulos, Herwarth. Não, nesse caso é melhor irmos à quermesse em Colônia, às margens do Reno, e assistir a um teatro de marionetes de Colônia, e ali o diretor Reinhardt deve procurar ingenuidade, e não mandar fazer uma ao estilo vienense de Hofmannsthal ou fazer uma cópia fajuta, um mistério britânico-luterano, um bocejo característico com um amontoado de falsas rimas ainda mais apavorantes e entediadas de um "revisor". Imagine se ele tivesse se tornado escultor, e remendado a escultura, substituindo os dois braços da Vênus de Milo!

Veja só a literatura que ele desenterrou: primeiro, o Édipo de Sófocles e alimentou-o com sangue vienense; ele fez de Electra uma "professora" demoníaca. Ele não tem imaginação. As pessoas sempre dizem, Herwarth, porque ficam perplexas: sim, a senhora ainda não leu o poema dele: Crianças com olhos grandes[109]? — Até li seus poemas "O Tolo e a Morte" e "A morte do Ticiano"; poemas brilhantes certamente, mas esculpidos no granito de Goethe ou de George. Se todo o mundo soubesse o que todo o mundo é etc. — uma blasfêmia, uma zombaria de uma piedade antiga, de uma composição religiosa. A vida e a morte, o pecado e a punição, céu e inferno, tudo é reduzido a exibicionismo, como os elefantes e os cavalos árabes decorados com fitas e bugigangas, se ao menos fosse para a alegria das

109 Alusão a dois poemas do tipo terza rima de Hoffmannsthal.

crianças como aqui, mas é para a edificação do público rico e ávido por diversão, que horror, tomara que o espumante seja melhor.

Alguns dias antes do Natal, o diretor Reinhardt solicitou minha peça *Die Wupper*. Ela está em sua casa há aproximadamente dois meses; minha peça tem vida, minhas criaturas querem continuar a viver. Agora minha peça será refém nas mãos de Reinhardt, ele jogará minha obra no fogo ou a devolverá com algumas poucas considerações de seus secretários. Não importa, quero evitar qualquer comoção ou sentimentalismo, Herwarth, tenho de sacrificar minha poesia à verdade, não obstante minha ambição. O Príncipe de Tebas se desvencilha do último de seus grilhões.

Com uma pá dourada quero preparar o caminho para a saga da minha cidade ou enterrá-la de vez, vou dizer a verdade ao diretor Reinhardt. A encenação de *Todo o mundo* é um ato tão inartístico, uma ignomínia — sobretudo da parte dele, que é considerado infalível pelo público e na verdade não tem como equivocar-se conscientemente. Como se pode ser tão cínico! Reinhard está precisando de dinheiro? Por que sua gente não rouba pra ele: que saqueiem a parte oeste da cidade para seu Imperador! Cofres não podem ser enganados, mas é possível sim fazer o público (há espectadores talentosos entre eles) ficar tonto com uma trama tão confusa. Lá fora os social-democratas estavam alvoroçados, era dia da eleição — uma revolução ainda mais forte me invadiu, à noite morreu minha última esperança de que a produção de meu drama estivesse sob a direção artística de Reinhardt, que eu admirara em tantas outras produções. Com esta carta, exijo de volta a minha saga dos trabalhadores, *Die Wupper*. Será que ele já a leu? Ela deve tê-lo impressionado.

Inacreditável, Herwarth, quando penso que estou finalmente pronta, lá vem o poeta alemão Hans Ehrenbaum-Degele me desafiar para um duelo. Por causa das lendas alemãs e do cântico dos cânticos. Sua testemunha será o ator Wilhelm Murnau e o médico van't Hoff também irá por causa das feridas. Mas para me animar meu negro Tecofi-Folifi Temanu apresentará sua dança de ossos humanos durante a luta.

Telegrama:

Herwarth Waiden, Halensee, Katharinenstraße 5.

Minha mão direita para sempre perfurada pelo espadim.

Querido Herwarth, cobri de opróbrio a minha cidade de Tebas. Para um guerreiro é sim uma desonra ficar doente, mas para mim é uma humilhação irreparável ficar deitado na tenda ferido, atingido por um vencedor ocidental. Meus dois criados negros uivam como mulheres, andando de mansinho na lua cheia, gatos hábeis, em volta da casa; estou de péssimo humor.

O príncipe.

Ontem tranquei-me no aposento privado de meu palácio e orei. Quase esqueci como fazer preces, esculpidas como harpas. Em pensamento beijei os pés de minha mãe; como uma pessoa pode se tornar tão piedosa, eu estava livre de pecados nesse momento de sublime humildade. Você diz que não existe pecado, e agora eu já não duvido mais, pois continuo rezando e purificada pelo beijo piedoso. Devo abrir meu coração?

Herwarth, como é difícil encontrar a si mesmo! Indiretamente, isso tem sempre um motivo cósmico. Vago inquieta de estrela a estrela; se eu não fosse irmã de Lúcifer, seria o anjo eterno. Como calculado pelo observatório astronômico, você se encontra no momento exatamente no trópico do galo de briga da *Der Sturm*. Bravo!

Querido Herwarth, desenhei Richard Dehmel, eu o desenhei vermelho sangue como se fosse a vista de uma cidade do Oriente; não com a sobrecasaca com a qual ele costuma frequentar o mundo exterior, mas com o antiquado turbante citadino. Os poemas de Richard Dehmel fluem como sangue, cada um deles ao mesmo tempo um sangramento e uma transfusão. Ele é o grande califa de toda a poesia.

Meus dois amigos, o que é isso? Já estiveram lá, na esquina da Kurfürstendamm com a Wilmersdorferstraße, no Café Kurfürstendamm? Minha nossa, fui infiel ao Café des Westens; abandonei o Café como a uma amante a quem jurara ser fiel eternamente. O Café Kurfürstendamm é uma mulher, uma dançarina oriental. Ela me distrai, me consola, me fascina com as muitas cores doces de seus de seus trajes. Há um movimento naquele café, ele gira enigmaticamente como o corpo cintilante de Fatme. As estrelas penduradas à volta dos pequenos nichos das galerias são corações velados. Oh, tudo que se pode dizer e ouvir ali — violinos cantam baixinho, embevecimento abençoado. O Café é o cartaz de Lucien Bernhard vivo. Vou conceder-lhe, com minha mais sincera admiração, uma Ordem do Crescente Lunar, designando — o Paxá de Tebas.

Herwarth, Kurtchen, hoje eu mesma vou escrever as linhas "não escritas" ao Sascha na citadela na Rússia. Não deixe que publiquem minha carta de murta flamejante[110].

Telegrama.

Agora Príncipe regente em Tebas. Viva a capital e meu povo!!

Aguardam-me em minha cidade, tapetes valiosos pendem dos tetos até o chão. E são enrolados e

110 O jogo de palavras entre *Hirtenbrief* (Carta pastoral) e *Myrtenbrief*, palavra criada por Else Lasker-Schüler, baseia-se no fato de que os judeus costumavam usar ramos de murta ou mirto na grinalda das noivas para lembrar da rainha Ester.

desenrolados o tempo inteiro. Meus criados negros estão deitados diante de mim sobre suas barrigas negras desde o nascer do sol e à noite se misturam ao povo e ensinam-lhes a palavra "alteza", até que a palavra dance em suas bocas. Eu sou a alteza. Guardem bem isso, enfatizem a todos aqueles que cruzarem seus caminhos. Mas dói-me essa homenagem, pois não posso retornar a minha cidade, não tenho dinheiro. E os países orientais amam o esplendor; eles pegam estrelas das nuvens e seus corações são repletos do trigo dourado do céu. Aqui não há estrelas, pequeninos grãos de cevada cintilam enquanto caem sobre a terra. Oh, como é pobre esse ocidente, aqui não surge nenhum paraíso, nenhum anjo, nenhum milagre.

Como essa pobreza me envergonhou, a sua pobreza; não tenho nem mais um casaco de damasco; meus infelizes pés estão em frangalhos — eu mesma olho minha própria alteza com desprezo. Mas os negros são sensíveis, inventaram um jogo, já estamos ensaiando os papéis de povo e rei. Postam-se em massa aos meus dois lados, centenas de milhares de milhões de cabeças com turbantes gritando e berrando, *Allah*, *maschâh*! E batem palmas — sorrio e jogo beijos clementes para o povo. Estou toda coberta de ouro tal qual a mais brilhante das luas, meus cabelos reluzem, as unhas de meus dedos são pérolas; sou carregada ao palácio e dou a meu caro povo a constituição.

Espero que minhas cartas não tenham entediado você, ou Kurtchen bocejou muito? Leia de novo minha carta, Herwarth, aquela que termina com as palavras: Eu sou a vida. Que orgulhosa! Agora sou como um mar transparente sem fundo, não tenho mais chão. Você nunca deveria ter fraquejado, Herwarth. De que me valem agora suas mãos solícitas e os muitos outros dedos que me aprisionam receosos, e pelos quais minha alma escoa sem limites. Logo tudo estará inundado pela morte, tudo em mim está nebuloso, todos os meus pensamentos e sentimentos. Nunca criei um sistema, como fazem as mulheres espertas, nem me prendi em algum lugar com uma visão de mundo, como homens ainda mais espertos fazem, nem construí uma arca para mim. Sou livre, por toda parte há uma palavra minha, de todas as partes vinham palavras minhas, eu recebia e me recolhia, assim sempre fui o príncipe regente de Tebas. Quantos anos eu tenho, Herwarth? Mil e catorze. Um pequeno burguês nunca chegará aos mil e catorze, mas às vezes a cento e catorze se ele tiver "boas" intenções. Herwarth, você foi fiel a mim? Gostaria, por uma questão de bom gosto em seu interesse, que você tivesse sido fiel a mim. Você não podia se orientar por mim, nunca senti o ser humano como sendo mais do que uma moldura na qual eu me colocava; por vezes, confesso, nela me perdi, duas eram de ouro, Herwarth, em uma deixei meu coração. É magnífico estar apaixonado, tão inebriante, tão avassalador, tão imprevisível, o coração sempre cambaleia; ainda ontem eu estava parada diante do retrato do orgulhoso Medici, ele ganhou vida e queria me sequestrar à noite. Como o amor é burguês se comparado à paixão, ou alguém teria de ter me amado. Você me amou, Herwarth? Quem me amou?

Eu me jogaria aos pés dele no mesmo instante como diante de um rochedo, diante de um altar precioso, eu, o Príncipe de Tebas. Eu levaria meu amado comigo para a morte tal qual os monarcas egípcios levavam consigo suas riquezas, seus jarros dourados para suas tumbas e bebiam desdenhosamente o resto que havia neles. Refugio-me na mata; Herwarth, não suporto mais a vida, eu mesmo me perdoei. Refugio-me na mata; Herwarth, sempre odiei a casa, até mesmo o palácio; quem chama de seu um aposento que seja tem uma domesticidade. Fujo para a mata; Herwarth, sempre odiei a casa, até mesmo o palácio; quem chama de seu um aposento que seja está domesticado. Eu odeio a domesticidade, por isso odeio também essa última estreiteza, o caixão. Entro na parte mais profunda da floresta, Herwarth; não importa o que eu faça, é bem feito, nunca duvido de mim mesma. Pode-se proferir uma palavra mais confiável sem suscitar um sorriso? Ou há um gafanhoto pulando em algum lugar? Deito-me sob as árvores grandes e me estico ao lado de suas raízes, que sempre se entrelaçam como serpentes nodosas. Já não ouço em meus ouvidos o tilintar dos guizos; cada batida de meu coração era uma dança. Não consigo mais dançar, Herwarth; choro — cai neve sobre meus olhos chorosos. Mande lembranças a Tebas, minha cidade, não esqueça, como eu, o profeta São Pedro Hille, ele profetizou: o mundo se estilhaçou para mim. Ergo-me mais uma vez e enfio meus ferozes punhais na terra, uma homenagem de guerra à minha cabeça. Até aqui e nem mais um passo.

(XXIV)

Olvenstedt, Magdeburgo

L.H.

Quando tirei sua bolsa de viagem do armário hoje de manhã, Herwarth, havia nela uma carta minha não publicada, que enviei tempos atrás a você e ao Kurtchen na Noruega — e meu autorretrato embrulhado em papel de seda; é claramente um crime para com os historiadores da arte. Pois eu não fiz qualquer desenho de mim mesma, tampouco uma pintura, eu só pus uma criatura no papel. Enviarei para você essas linhas perdidas e meu autorretrato de inestimável valor. Custa no máximo cinco ou seis marcos preparar o clichê de um retrato. Há dois dias não vou ao Café, faço sacrifício pelo meu autorretrato. Coloquei a caixa com minhas cartas de amor debaixo da cama, para que você tenha o que fazer. Enquanto isso estou repousando aqui no campo; passeio com Richard Fuchs e Otto Fuchs por suas estufas e observo os cravos crescerem. Mas está extremamente frio e as árvores sussurram de deixar todo mundo louco. Vou cortá-las todas hoje à noite, droga!

Lembranças

Sua E.

Caros Embaixadores! Quando vocês estiverem novamente em Berlim, estarei provavelmente em Tebas para a inauguração de meu alto-relevo na muralha. Mas não estou ansioso para me ver, pois nunca me reconheci, nem em escultura, nem em pintura, nem mesmo moldado em gesso. Procuro no meu retrato a alternância entre dia e noite, o dormir e o estar desperto. Em meu autorretrato minha boca não está proferindo o grito de guerra?! Um arabesco egípcio, um hieróglifo real, meu nariz, meus cabelos sobem como flechas e meu pescoço sustenta com força minha cabeça. Assim me entrego às pessoas de minha cidade. Oßman e Tekofi Temanu, meus serviçais negros, portarão meu autorretrato em uma bandeira pelas ruas de Tebas. Assim o meu povo me celebrará, assim celebrar-me-ei.

Seu

Príncipe de Tebas.

Glossário

Altenberg, Peter (1859-1919), nome verdadeiro Richard Engländer, escritor austríaco, amigo do casal Karl Kraus e Kete Parsenow.

Antoni, príncipe da Polônia, aparece em uma carta de Else Lasker--Schüler a Heinrich F.S. Bachmair, seria um amigo da autora, mas não há mais informações sobre ele.

Barchan, Paul. tradutor de um texto em prosa de Tchekov que foi publicado na *Die Fackel*, o que levou a um conflito com o editor ao ser descoberto que não se tratava da primeira tradução do texto. Karl Kraus tematizou o fato na edição seguinte da revista e Barchan tentou fazer "desaparecer" as cópias dela do Café des Westens.

Barrison, Gertrude (1880-1946), nome de nascimento Gertrud Bareisen, cantora, dançarina e artista de cabaré risque, nascida na Dinamarca. No final da década de 1890, fez muito sucesso com o famoso grupo *Five Sisters Barrison* em cidades europeias. Depois da dissolução do grupo, continuou sua carreira como dançarina em Viena, onde se casou com o cantor e artista austríaco Carl Hollitzer.

Baum, Peter (1869-1916), poeta e escritor alemão, amigo de Peter Hille, que escrevia para a revista *Der Sturm*. É considerado o confidente mais próximo de Else Lasker-Schüler. Após o divórcio de seu primeiro casamento com Johanna Mathilde Stivarius em 1913, casou-se com a artista Jenny Boese. Peter Baum, que havia se voluntariado no início da Primeira Guerra Mundial, morreu em 1916 nos países Bálticos.

Bernard, Lucien (1883-1972), decorador de interiores e artista gráfico alemão.

Berneis, Benno (1884-1916), pintor da Secessão de Berlim.

Bispo — ver Kurt Hiller.

Blass, Ernst (1890-1939), poeta e escritor alemão, cofundador do *Neuer Club*.

Caius-Maius — ver Kurt Hiller.

Caro, Dr. Hugo (?-1918), procurador público em Berlim. Sobre ele, Kokoschka escreveu: "Eu o conheci no círculo da ' Der Sturm' e sempre tive grande admiração pelo advogado Hugo Caro. Viveu em um bairro pobre de Berlim e dedicou sua vida aos mais necessitados, aos prisioneiros e aos excluídos. Parecia um personagem de um romance de Dickens. Eu o pintei. Seu fim foi o suicídio".

Caro, Jephta Elfriede, esposa de Hugo Caro. No outono de 1933 emigrou para Jerusalém. Muita amiga de Else Lasker-Schüler.

Cassirer, Paul (1871-1926), negociante e editor de arte que desempenhou um papel significativo na promoção do trabalho dos artistas da Secessão de Berlim e dos impressionistas e pós-impressionistas franceses, especialmente o de Vicent van Gogh e Paul Cézanne. Um dos donos da galeria de arte *Kunstsalon Cassirer*. Publicou coletâneas de obras de Else Lasker-Schüler em 1919 e 1920.

Cohn, Professor Siegbert, um dos proprietários da editora Oesterfeld und Cohn, que publicou a peça Die Wupper de Else Lasker-Schüler em 1919.

Dalai Lama — ver Karl Kraus.

Dehmel, Richard (1863-1920), poeta e autor de peças teatrais alemão.

Destinn, Emmy (1878-1930), cantora de ópera tcheca.

Döblin, Alfred (1878-1957), nasceu em Stettin, Prússia, hoje Szczesin, Polônia, em 1878 no seio de uma família de comerciantes de origem judaica. Formado em medicina, Alfred Döblin trabalha como neurologista entre 1905 e 1930 em Regensburgo, Freiburgo e Berlim e serve na frente alsaciana durante a Primeira Guerra Mundial. No mesmo período, Döblin se engaja ativamente como escritor e intelectual na cena cultural de Berlim. Autor do romance *Berlim, Alexanderplatz*, publicado em 1929.

Durieux, Tilla (1880-1971), nome verdadeiro Ottillie Godeffroy, atriz austríaca de teatro e cinema que trabalhou com Max Reinhardt, Jakob van Hoddis e Kurt Hiller no Neuer Club, esposa de Paul Cassirer.

Ehrenbaum-Degele, Hans (1889-1915), poeta, músico e autor de peças teatrais que se apresentou no Gnu. Nasceu em Berlim, filho de um rico banqueiro judeu. Foi sócio de Friedrich Wilhelm Murnau. Escreveu mais de 100 peças diversas. Lutou na frente russa durante a Primeira Guerra Mundial, e foi morto em ação em Narev, Império Russo, em 1915.

Ehrenstein, Albert (1886-1950), autor vienense do romance *Tubusch*, publicado simultaneamente a *Mein Herz* na revista *Der Sturm*.

Freundlich, Otto (1878-1943), pintor e escultor alemão que fez várias exposições na Secessão de Berlim.

Friedländer, Regina (1878-1947), famosa designer de chapéus em Berlim.

Fröhlich, Max. Pintor alemão, colaborador da revista *Der Sturm*. Elaborou a capa do livro *Die Nächte des Tino von Bagdads* em 1907.

Fuchs, Richard (?-1972), colaborador da revista *Der Sturm*.

Fürst-Foerster, Auguste (?-1912), amiga de Else Lasker-Schüler. Mãe de Walter Fürst, pintor e cenógrafo alemão.

Gangolf, Paul (1879-1936), nome verdadeiro Paul Loewy, pintor e artista gráfico, colaborador da revista *Der Sturm*.

George, Stefan (1868-1933), poeta e escritor alemão. Viveu em Paris, encontrando-se entre os escritores e artistas que frequentavam os serões das terças-feiras do poeta Stéphane Mallarmé. Começou a publicar poesia na década de 1890, quando ainda não tinha 30 anos de idade. George fundou e editou a importante revista literária *Blätter für die Kunst*. Também esteve no centro de um influente círculo literário e acadêmico conhecido como *Georgekreis*, que incluía um grande número dos jovens escritores da época (como, por exemplo, Friedrich Gundolf e Ludwig Klages). Para além de partilhar os seus interesses culturais, o círculo artístico refletia sobre temas místicos e políticos.

Grätz, Paul (1890-1937), ator e comediante judeu alemão que fez o papel do velho (avô) na peça *Die Wupper* em 1919.

Guhlke, Fridolin, caricaturista da revista *Der Sturm*.

Haas, Willy (1891-1973), crítico literário de Praga. Aparece no livro também como Willy Himmel.

Hardt, Ludwig (1866-1947), diretor de cinema e de teatro alemão.

Hart, Julius (1859-1930), poeta e membro fundador do Neuer Club.

Hauptmann, Gerhart (1862-1946), escritor e dramaturgo alemão, ganhador do Nobel de Literatura em 1912. Um dos responsáveis pela introdução das tendências naturalistas no teatro alemão, cujas peças evoluíram posteriormente para um complexo simbolismo metafísico e religioso. Sua obra-prima *Die Weber (Os Tecelões)* (1892) consiste numa peça sobre uma revolta frustrada de proletários acusados pela mecanização e pela fome.

Hellmuth, Martha (1854-1932), escritora alemã, casada com o banqueiro Emil Schlesinger.

Herrmann, Max (1865-1942), historiador da literatura e do teatro alemão e filólogo alemão.

Herwarth — ver Herwarth Walden.

Hille, Peter (1854-1904), escritor e figura central da Neue Gemeinschaft; o homem que mais impressionou a Else Lasker-Schüler no início de sua carreira. Eram muito amigos até 1904 e pertenciam à nova comunidade anti-burguesa. O primeiro casamento da Else Lasker-Schüler com Bertold Lasker terminou e ela estava divorciada em 1903. A morte de Hille em 1904 é o gatilho do livro *Das Peter-Hille-Buch, de 1906* — com o falecido como "pai sublime". Figura de mediador e líder, aparece como São Pedro nesse livro de Else Lasker-Schüler.

Hiller, Kurt (1885-1972), escritor, pacifista e cofundador do *Der neue Club* e do cabaré Gnu. Teve uma atuação política intensa, notadamente pelos direitos dos homossexuais. Designado neste romance por Caius-Maius, referência ao imperador romano Júlio César (Gaius ou Caius Julius Caesar). Neste, o nome é formado pelo mês de maio, ao invés de julho.

Hoddis, Jakob van (1887-1942), nome verdadeiro, Hans Davidssohn, poeta e cofundador do *Der neue Club.*

Hofmannsthal, Hugo von (1874-1929), escritor e dramaturgo austríaco e um dos criadores do Festival de Salzburgo. Hofmannsthal alcançou prestígio internacional graças a sua colaboração com o compositor e maestro alemão Richard Strauss e foi um dos mais importantes representantes do movimento Fin de Siècle da língua alemã.

Höxter, John (1884-1938), pintor e escritor, fundador em 1919 do jornal dadaísta *Der blutige Ernst.*

Hubert, Ali (1878-1940), pintor austríaco e figurinista.

Jakobsohn, Siegfried (1881-1926), publicista e crítico teatral alemão.

Kainer, Lene (1885-1971), pintora austríaca de ascendência judaica. Iniciou seus estudos de arte em Viena, e continuou em Munique, Paris e Amsterdã. Durante uma estadia em Paris, conheceu seu futuro marido, Ludwig Kainer, médico, pintor, designer gráfico, desenhista de cartazes e cenógrafo de Munique, com quem ela se casou em 1910. Por volta de 1911, o casal pertencia a um círculo de artistas e intelectuais que incluía Arnold Schönberg, Franz Werfel, Herwarth Walden e Else Lasker-Schüler. Entre 1912 e 1926, morou em Berlim, em Charlottenburg. Em 1914/15 Schneider-Kainer produziu uma forte e expressiva pintura a óleo da poeta e dramaturga Else Lasker-Schüler.

Kainer, Ludwig (1885-1967), pintor e artista gráfico alemão que colaborava com a revista *Simplicissimus*. Estudou medicina inicialmente, mas logo se voltou para a arte. Durante uma estada em Paris em 1909, começou a descobrir seu grande amor pela pintura, especialmente pelos impressionistas (Paul Cézanne, Henri Matisse e Auguste Renoir), e ensinou-se a si mesmo os conhecimentos básicos desta arte de forma autodidata. Além disso, fez contato com o *Ballets Russes* ao redor de Sergei Djagilew e Vaslav Nijinsky e fez suas primeiras contribuições a Simplicissimus (205 no total até 1930).

Kleist, Heinrich von (1777-1811), poeta, romancista, dramaturgo e contista alemão. Conhecido por sua comédia *O Jarro Quebrado*, pela tragédia *Pentesileia*, bem como por sua novela *Michael Kohlhaas*.

Knoblauch, Adolf (1882-1951), escritor, tradutor e editor.

Koch, Georg (1885-?), escultor que expunha na Secessão de Berlim.

Kokoschka, Oskar (1886-1980), pintor, poeta e dramaturgo austríaco. Nasceu no Império Áustro-Húngaro, filho de um ourives. De 1905 a 1909, assiste aos cursos da Kunstgewerbeschule de Viena. Um dos seus professores é Gustav Klimt e uma de suas colegas Elsa Oeltjen-Kasimir. Em 1910 muda-se de Viena para Berlim, por rejeitar o *Jugendstil*. A partir de 1912, Kokoschka vive uma paixão por Alma Mahler-Werfel. Este amor e as cartas trocadas inspirou-lhe diferentes obras de arte. Sua pintura evolui rapidamente: ele começa a trabalhar com pincéis mais largos e sua cada vez mais cores. Em 1914, junta-se aos pintores da Secessão vienense em Berlim. Em 1917, instala-se em Dresden onde conhece Adolf Loos, arquiteto. Torna-se professor da Escola de Artes de Dresden de 1919 a 1924.

Kraus, Karl (1874-1936), dramaturgo, jornalista, ensaísta, aforista e poeta austríaco. Indicado duas vezes ao Nobel de Literatura, é considerado como um dos maiores escritores satíricos em língua alemã do século XX. Denunciava com grande virulência nas páginas do *Die Fackel* ("A Tocha") — revista que fundou e da qual foi praticamente o único redator durante quase quarenta anos — os compromissos, as injustiças e a corrupção, notadamente a corrupção da língua, na qual via a fonte dos maiores males de sua época, responsabilizando principalmente a imprensa. Amigo do casal Else Lasker-Schüler e Herwarth Walden. Ajudou financeiramente a publicação da revista *Der Sturm* entre 1909 e 1912.

Krummacher, Pastor Friedrich Willhelm (1796-1868), pastor reformista de Eberfeld.

Kubeik — provavelmente evocando o pianista tcheco Jan Kubelik (1880-1940).

Kurtchen — Kurt Neimann (1877-1944), advogado e amigo de Herwarth Walden.

Kurtz, Rudolf (1884-1960), escritor e diretor de cinema, colaborador da revista *Der Sturm*.

Lantz, Adolf (1882-1949), austríaco. Jornalista e diretor de teatro em Berlim.

Lederer, Fritz (1878-1949), pintor de paisagens e artista gráfico alemão.

Leppin, Paul (1878-1945), escritor de Praga.

Liliencron, Detlef von (1844-1909), escritor e poeta alemão.

Loos, Adolf, (1870-1933), notável arquiteto e modernista, amigo de Karl Kraus. Exerceu durante muitos anos a sua profissão na Áustria. Dentre seus trabalhos, destaca-se o projeto para o *Chicago Tribune*, realizado em 1922, quando trabalhava com Louis Sullivan, e que consiste numa enorme coluna dórica assentada sobre uma base cúbica.

Lubinski, Samuel (1868-1910), escritor, historiador da literatura e filósofo da religião alemão.

Mann, Heinrich (1871-1950), escritor alemão, filho do senador e comerciante Johann Heinrich Mann e da brasileira Júlia da Silva Bruhns, irmão de Thomas Mann. Seu romance *Der Untertan* (*O Súdito*), de 1914, é considerado sua obra-prima. Escreveu também *Professor Unrat* e numerosos ensaios literários sobre Goethe, Voltaire, Flaubert, George Sand, Émile Zola, Victor Hugo e Friedrich Nietzsche.

Meinhard, Carl (1875-1949), diretor do Berliner Theater, que existiu de 1850 a 1936 no bairro de Berlim-Kreuzberg.

Michahelis, Karin (1872-1950), jornalista e escritora dinamarquesa.

Murnau — Friedrich Wilhelm (1888-1931), ator e diretor, um dos mais importantes realizadores do cinema mudo, do cinema expressionista alemão e do movimento Kammerspiel, autor de *Nosferatu*, filme expoente do Expressionismo alemão. Antes de ser cineasta, Murnau estudou filosofia, literatura, música, e história das Artes nas universidades de Heidelberg e Berlim. Frequentou a escola de arte dramática de Max Reinhhardt, que exerceu grande influência em seu estilo cinematográfico.

Nolde, Emil (1867-1956), nome de nascimento Hans Emil Hansen, pintor teuto-dinamarquês, um dos mais importantes pintores expressionistas alemães, membro do coletivo de artistas *Die Brücke*. Além de pintor, foi desenhista, gravador, escultor e professor de artes em 1892 na Suíça. Seus quadros, tal como pretendia, chocavam o espectador, devido à vivacidade das cores, que contrastavam abusivamente umas com as outras, à deformação dos rostos das personagens retratadas, à distorção das perspectivas e ao excessivo uso de tinta.

Oesterfeld, Erich (1883-1920), um dos proprietários da editora Oesterfeld und Cohn, que publicou a peça Die Wupper, de Else Lasker-Schüler em 1919.

Oppenheimer, Max (1885-1954), pintor austríaco de ascendência judaica. De 1900 a 1903 estudou na Academia de Belas-Artes de Viena e de 1903 a 1906 na de Praga. Em 1906 associou-se ao grupo OSMA, uma das primeiras associações vanguardistas tchecas. Em 1907 regressou a Viena, onde, de 1908 a 1909, participou em exibições artísticas. Em Viena ouviu falar pela primeira vez de van Gogh, influência que o levou para o círculo dos expressionistas de Viena de Oskar Kokoschka, Egon Schiele e Albert Paris Gütersloh. De 1911 a 1915 trabalhou em Berlim, onde incorporou elementos cubistas às suas pinturas e colaborou na revista *Die Aktion*. Durante a sua estadia na Suíça (1915-25) interessou-se pela música. Após passar por Berlim, voltou em 1931 a Viena, de onde emigraria para os Estados Unidos em 1938, ano da *Anschluss*. Após exposições em Munique 1911 e em Berlim 1912, houve protestos de Oskar Kokoschka, que o acusou de plágio, acusação apoiada por Karl Kraus, Herwarth Walden e Else Lasker-Schüler.

Parsenow, Kete (1880-1960), atriz, esposa de Walter Friedrich Otto, chamada por Else Lasker-Schüler de "Vênus do Sião".

Pechstein, Max (1881-1955), pintor e membro do coletivo de artistas expressionistas *Die Brücke*.

Pinsky, Chamay. Escritor e colaborador da revista *Der Sturm*.

Poiret, Paul (1879-1944), estilista de moda francês conhecido por seu estilo oriental.

Reinhardt, Max (1873-1943), influente ator e diretor de teatro e cinema austríaco.

Reiss, Erna, Erna Charlotte Döblin, esposa de Alfred Döblin.

Richter, M. — provavelmente Max Richter (1860-1937), ilustrador e pintor de paisagens.

Rubinstein, Anton (1829-1894), compositor russo.

Schennis, Friedrich von (1852-1918), pintor de paisagens.

Scherl, August (1849-1921), editor de jornais e revistas.

Schmidt-Rottluff, Karl (1884-1976), pintor e membro do coletivo de artistas expressionistas *Die Brücke*.

Schöneberg, Arnold (1874-1951), compositor austríaco de música erudita e criador do dodecafonismo, um dos mais revolucionários e influentes estilos de composição do século XX. Suas primeiras obras, apesar de ligadas à tradição pós-romântica, já prenunciavam um método composicional inovador, que evoluiu para a atonalidade e, mais tarde, para um estilo próprio, o dodecafonismo. Schönberg foi também pintor e importante teórico musical, autor de *Harmonia* e *Exercícios Preliminares em Contraponto*. O compositor sofria de triscaidecafobia, o medo do número 13. Ironicamente ele nasceu dia 13 de setembro e morreu dia 13 de julho, às 23h47min, 13 minutos antes da meia-noite, numa sexta-feira 13.

Stivarius, Matja. Pintora, esposa de Peter Baum.

Tecofi Temanu. Provavelmente, nome de um estudante africano que vivia em Berlim à época.

Trapp, Hede von (1877-1947), poeta, pintor e artista gráfica austríaco.

Tristan — ver Ehrenbaum-Degele, Hans.

Ullmann, Ludwig (1887-1959), diretor de teatro, escritor e editor que trabalhou como secretário de Karl Kraus e na revista *Die Fackel*.

Vênus do Sião — Kete Parsenow.

Voss, jornal *Vossische Zeitung*, conhecido jornal liberal alemão publicado em Berlim (1721-1934). Seu predecessor foi fundado em 1704. Entre os editores da "Tia Voss", como era conhecido, estavam Gotthold Ephraim Lessing, Willibald Alexis, Theodor Fontane e Kurt Tucholsky.

Walden, Herwarth (1878-1941), nome verdadeiro Georg Levin. Foi autor e compositor. Publicou a revista Der Sturm (1910-1932) e fundou também a editora e a galeria Sturm, todas incentivavam a literatura e as artes expressionistas e modernistas. Foi casado com Else Lasker-Schüler entre 1903 e 1912.

Wauer, William (1866-1962), escultor, pintor e diretor de teatro, colaborava com a revista *Der Sturm*.

Weiss, Richard (1884-?), professor e escritor austríaco. Em 1938, mudou-se para a Holanda.

Wüllner, Ludwig (1888-1938), ator e cantor alemão.

Zech, Paul (1881-1946), escritor e editor alemão.

De cartas e corações: notas sobre um romance de Else Lasker-Schüler

Juliana P. Perez[111]

Cartas à Noruega?

O romance *Mein Herz. Ein Liebesroman mit Bildern und wirklich lebenden Menschen [Meu coração. Um romance de amor com ilustrações e pessoas reais]* é composto por vinte e quatro longas cartas escritas por Else Lasker-Schüler (1869-1945) e endereçadas a Herwarth Walden (1878-1941), seu marido, e a Curt Neimann, um amigo do casal, que haviam feito uma viagem para a Dinamarca e a Noruega no final de agosto de 1911. Mas as cartas que o leitor tem em mãos não foram enviadas à Noruega: trata-se de cartas sobre o ambiente artístico de Berlim, e foram publicadas entre 2 de setembro de 1911 e 3 de junho de 1912 na revista *Der Sturm* [A tempestade][112], antes de serem reunidas na forma de livro, em 1912. Na revista, recebiam o título *Briefe nach Norwegen* [Cartas à Noruega]; no livro, Lasker-Schüler fez alguns acréscimos e modificações.[113] Essas cartas, portanto, nunca cumpriram

111 Juliana P. Perez é professora de Literatura alemã na Universidade de São Paulo desde 2009. Formou-se em Letras - Português e Alemão pela FFLCH/USP (1996), e tem mestrado (2000) e doutorado (2005) em Língua e Literatura Alemã pela mesma universidade, com bolsa da FAPESP e do DAAD. Fez pós-doutorado na Universidade de Stuttgart, com período de pesquisa na Universidade de Oxford, com apoio da Fundação Alexander von Humboldt/CAPES. Escreveu vários artigos sobre Paul Celan, Else Lasker-Schüler e outros autores de língua alemã.

112 Parte da revista pode ser consultada digitalmente em https://sturm-edition.de/index.html (25 jan. 2021). O projeto de uma edição crítica digital de *Der Sturm* ainda está em andamento e há outras fontes na internet com o fac-símile completo da revista. Cf. Schrade, 2018.

113 Usarei o título *Briefe nach Norwegen/Cartas à Noruega* quando me referir ao conjunto de textos publicados em *Der Sturm*, e *Mein Herz/Meu coração*, quando me referir a sua posterior publicação em livro.

a função de correspondência privada entre Lasker-Schüler e Walden, tampouco foram imaginadas como romance num primeiro momento. Desde o início, foram pensadas como crônicas sobre a cena da vanguarda berlinense, como uma brincadeira literária que incluía anedotas sobre artistas e escritores, relatos de pequenas intrigas, comentários sobre exposições e saraus, sobre o café. Mais à frente se discutirá se a publicação posterior em formato de livro, com o subtítulo "romance", altera o sentido das cartas. Fiquemos na publicação em *Der Sturm*, por enquanto.

A brincadeira já começa na primeira carta: Lasker-Schüler aprecia que Neimann tenha convidado Walden para uma viagem à Suécia (!), como bem observa Markus Hallensleben em seu estudo[114], e é conhecido o fato de que a viagem não foi longa: Walden a interrompe por volta do dia 07 de setembro, antes ainda de a segunda carta ser publicada na revista.[115] Os leitores da época sabem, portanto, que os destinatários das cartas a serem enviadas "à Noruega" estão em Berlim, e que os textos continuarão pelos meses seguintes como uma brincadeira que mistura realidade e fantasia. Hallensleben pondera, com razão, que o subtítulo dado posteriormente ao conjunto das cartas — romance de amor com imagens e pessoas (ou personagens) reais — resume a tensão que o (des)organiza: um romance não contém "pessoas reais", mas personagens — nesse caso, pessoas reais tratadas de modo ficcional.[116]

O tratamento ficcional dado a pessoas reais também caracteriza outras obras de Else Lasker-Schüler. No caso das cartas, a questão foi até assunto da correspondência — real e privada — entre o próprio Herwarth Walden e Karl Kraus (1874-1936), inquieto escritor austríaco e admirador de Lasker-Schüler, como mostram as notas da edição crítica. Kraus escreve:

114 Cf. Hallensleben, 1999.

115 Cf. as notas de Ricarda Dick no volume 3.2. da edição crítica: Lasker-Schüler, 1998, p. 191.

116 Cf. o texto de Helmut Galle (2018) a respeito dos termos teóricos e da discussão sobre fato e ficção.

"Mais uma coisa: o senhor tem as Cartas à Noruega em alta conta, e certamente há muito de poético ali onde cessam as informações sobre o Café des Westens [Café do Oeste] (insulto do Sr. K., etc.). Herwarth Walden responde em 5 de novembro de 1911: As informações sobre o C. d. W. naturalmente não são informações, elas são inventadas livremente como todo o resto. Escrever Kurtz ou Lang Hiller ou Müller é irrelevante para a literatura. [...]" Karl Kraus a Herwarth Walden (sem data): "Mas, meu bom amigo, para quem o senhor diz: 'Escrever Kurtz ou Lang, Hiller ou Müller é irrelevante...' Na obra de arte; não na frase: 'a propósito, os senhores ... se reconciliaram'. Isso é uma informação do C. d.W. E se foi inventada livremente, então é uma informação falsa sobre o C.d.W.'"[117]

"Informação" ou "poesia", "invenção", "informação falsa"? A discussão entre Walden e Kraus move-se entre polos bastante claros, mas Lasker-Schüler enxerga a relação entre realidade e ficção de outra forma. Como as cartas também possuem matéria autobiográfica, como encontros com artistas e escritores, ou a separação de Lasker-Schüler e Walden, que acontece em dezembro de 1912, há estudos que ressaltam, com bons motivos, esse aspecto dos textos. Entretanto, estudos mais recentes[118] não se preocupam tanto em determinar se as cartas refletem ou não experiências pessoais de Lasker-Schüler ou o agitado contexto dos chamados movimentos de vanguarda em Berlim. Trata-se hoje muito mais

---

117 "Zwischen Herwarth Walden und Karl Kraus entspinnt sich ein regelrechter Disput über die literarische Qualität der *Briefe nach Norwegen*. So schreibt Karl Kraus an Herwarth Walden (undatiert): "Noch eins: Sie stellen die Briefe nach Norwegen so hoch, und es ist gewiß viel Dichterisches darin, dort wo die Informationen aus dem Café des Westens (Verhöhnung des Herrn K. etc.) aufhören". [...] Herwarth Walden antwortet darauf am 5. November 1911: "Die Informationen über das C. d. W. sind natürlich keine, sie sind ebenso frei erfunden wie alles andere." [...] Karl Kraus an Herwarth Walden (undatiert): "Aber, mein lieber Freund, "wem sagen Sie das": "ob Kurz oder Lang, Hiller oder Müller schreibt, ist gleichgültig". Am Kunstwerk; nicht in der Zeile: "apropos die Herren... haben sich versöhnt." Das ist Information aus dem C. d. W. Und wenns frei erfunden ist, so ist es eben eine falsche Information aus dem C.d.W.". (Cf. notas de Ricarda Dick, in: Lasker-Schüler, 1998, Bd. 3.2. p. 192-193).

118 Cf. algumas referências bibliográficas ao final deste texto.

de compreender que a concepção de literatura de Else Lasker-Schüler a permite transformar o real literariamente, ou ao menos transitar livre entre um e outro âmbito.

Pois o jogo proposto nas cartas não objetiva confundir o leitor, ou fazê-lo misturar os âmbitos da realidade e da ficção: as situações, pessoas, lugares reais mencionados, que ao leitor brasileiro parecerão sombras distantes, eram reconhecíveis por parte do público leitor da revista *Der Sturm* e, como se mencionou acima, informações como o retorno de Walden a Berlim eram públicas. Assim, é bastante plausível supor que os leitores das "cartas" de Lasker-Schüler tenham reconhecido os aspectos ficcionais, satíricos e parodísticos das mesmas, e não tenham se incomodado com a suposta falsidade das "informações", como Karl Kraus, mas tenham se divertido com o que viria a ser, como descreveu Hallensleben, um "romance epistolar de vanguarda".[119]

Else Lasker-Schüler, antes e depois d'A tempestade

Antes de se tornar um nome incontornável na cena artística de Berlim, Else Lasker-Schüler, nascida em 11 de fevereiro de 1869, em Elberfeld, parecia seguir uma trajetória biográfica mais convencional: vinda de uma família judaica burguesa, casou-se em 1894 com médico Berthold Lasker e se mudou para Berlim. Logo, porém, começa a desenhar e a publicar os primeiros poemas; entre 1898 e 1899, conhece Peter Hille (1954-1904) e passa a frequentar círculos como *Die Kommenden* e *Die neue Gemeinschaft*, onde encontra personalidades como Ludwig Jakobowiski (1868-1900), Gustav Landauer (1870-1919), Peter Baum (1869-1916), o próprio

119 Cf. Hallensleben, 1999.

Georg Levin (1878-1941) — que viria a ser seu segundo marido e assumiria o nome artístico de Herwarth Walden —, Rudolf Steiner (1861-1925) e Martin Buber (1878-1965), entre outros. Torna-se mãe em 1899. O primeiro casamento, que entrara em crise ainda antes que Lasker-Schüler começasse a circular entre artistas e escritores e a participar de apresentações literárias em cabarés, termina em abril de 1903.[120]

O clima cultural em que Lasker-Schüler começa a escrever pode ser resumido assim:

"Desde 1890, artistas e intelectuais colocam-se contra a arte e a cultura do Império alemão, [...] consideradas conservadoras. Secessão e Vanguarda ganham importância. Novas associações opõem-se [...] à política artística oficial e ao apoio ao convencional. [...] A aversão, em parte veemente, ao tradicional e convencional não impulsionava somente as criações da vanguarda artística, mas abrangia, por meio do movimento reformista que surgia, diversos âmbitos da vida. A ampla revolução cultural da virada do século refletia a falta de unidade e as cisões profundas na sociedade guilhermina, que foi coberta por revistas satíricas com críticas mordazes. Apesar de todas as novidades, porém, a cultura permaneceu marcada pelas tradições sociais."[121]

Em novembro de 1903, Lasker-Schüler se casa com Georg Levin/Herwarth Walden, músico, editor, redator, e fundador, com o apoio de Karl Kraus, da revista *Der Sturm* (1910-1932). O casamento com Walden dura oficialmente até 1912, e a separação aumenta as dificuldades pelas quais a escritora já passava: agora, Lasker-Schüler depende da ajuda de amigos para sustentar a si e ao filho.

120 Todas as informações biográficas foram retiradas do catálogo da exposição sobre a autora feita no Deutsches Literaturarchiv de Marbach (Marbacher Magazin 71/1995).

121 *Lebendiges Musem Online* [Museu vivo online] Cf. https://www.dhm.de/lemo/kapitel/kaiserreich/kunst-und-kultur/aufbruch-in-die-moderne.html (acesso em 22 jan. 2021), minha tradução.

Seus problemas aumentam no período da Primeira Guerra (1914-1918). A autora não só perde amigos queridos como Franz Marc, mas também o contexto cultural em que se formou como escritora. Torna-se estranha e deslocada a auto-encenação como artista de vanguarda, que já lhe garantira a antipatia de alguns, mesmo nos anos áureos de sua inserção nos círculos artísticos. Durante a Primeira Guerra, Lasker-Schüler publica poucos livros; somente a partir de 1919 ela volta a publicar com certa regularidade.[122] No entanto, seu isolamento literário parece irreversível: o mundo não está para Yussuf nem para Tebas, na literatura de língua alemã domina um estilo mais seco e objetivo, e a poucos ainda encanta o mundo brilhante e fantasioso criado por Lasker-Schüler. Outro livro em que Lasker-Schüler critica o mercado editorial da época (*Ich räume auf! Meine Anklage gegen meine Verleger*, de 1925) dificulta ainda mais sua situação; em 1927, ela perde o único filho, Paul, para a tuberculose.

O prêmio Kleist, recebido em 1932 pelo conjunto da obra, deveria ter lhe trazido algum consolo e reconhecimento. Entretanto, o crescente antissemitismo tornava Else Lasker-Schüler, que nunca abandonara certa extravagância tampouco escondera seu orgulho pela origem judaica, alvo fácil de ataques sempre mais agressivos. A emigração é inevitável, Lasker-Schüler parte para a Suíça em 1933 e, em 1939, é impedida de retornar de uma visita à Palestina devido ao início da Segunda Guerra. Em 1940, escreve sua última peça; em 1943, o último livro de poemas; em 1945, falece, em Jerusalém.

---

122 A lista de publicações do período é a seguinte: *Hebräische Balladen* (1913/14), poemas; *Der Prinz von Theben* (1914), prosa; *Der Malik* (1919), prosa; *Das Peter Hille Buch* (1919), prosa; *Die Nächte der Tino von Bagdad* (1920), prosa; *Essays*, (1920), prosa; *Gesichte* (1920), prosa; *Die Kuppel* (1920), poemas; *Der Wunderrabiner von Barcelona* (1921), prosa; *Theben* (1923), poemas; *Ich räume auf* (1925), prosa; *Arthur Aronimus und seine Väter* (1930/31), prosa; *Konzert* (1932), prosa; *Arthur Aronymus. Die Geschichte meines Vaters* (1932), prosa; *Arthur Aronymus und seine Väter* (1932), drama. Uma lista mais detalhada pode ser consultada em https://www.kj-skrodzki.de/lasker.htm (acesso em 02 fev. 2021).

Após a Segunda Guerra, a obra de Else Lasker-Schüler ficou um pouco esquecida, mas tem sido redescoberta nas últimas décadas. Não cabe aqui detalhar as fases da recepção de sua obra, mas vale a pena observar que, num primeiro momento, foi mais valorizada sua produção lírica, só mais tarde seus textos em prosa e suas peças foram olhados com mais atenção, e ainda mais tarde, no final dos anos 90, se redescobriram a força de seus desenhos e o aspecto intermedial do seu trabalho artístico. Nos últimos anos, o costume de Lasker-Schüler assumir "personas" diversas e assinar seus textos e cartas com nomes masculinos se revelou uma questão instigante para as pesquisas sobre gênero e autoria. Em *Mein Herz,* por exemplo, o leitor encontrará cartas "assinadas" por Else ou Else Lasker-Sch., cartas sem assinatura e também cartas assinadas por Amanda, Tino von Bagdad, Creso, Odisseu, O príncipe, Príncipe de Tebas, sendo esta uma de suas assinaturas preferidas.[123]

O leitor já não precisa escolher, como fez a crítica há algumas décadas, entre compreender essas figurações de si como "representação narcísica" ou "mascarada subversiva", mas pode observar de modo mais amplo qual concepção de literatura motiva tanto jogo.[124] Hoje também é mais simples reconhecer que as fotos de Lasker-Schüler não são espontâneas, mas fazem parte de sua encenação como artista.[125] Sua famosa foto com a fantasia de

---

123 Cf. o levantamento detalhado das assinaturas em Tolksdorf, 2020, p. 182.

124 In der Lasker-Schüler-Forschung steht der Begriff ›Inszenierung‹ seit längerem im Zentrum des Interesses. Das liegt nahe, denkt man an die Art Lasker-Schülers, sich und ihr Werk zu präsentieren, sowie an die ungewöhnliche — und immer wieder inkriminierte — Vermischung von biographisch Realem und Fiktivem, die ihre Arbeit prägt. Wurden diese Formen lange als pure Selbststilisierung aufgefasst — und entweder als subversive Maskerade emphatisch affirmiert oder als narzisstische Selbstpräsentation kritisiert —, so hat sich die Perspektive in den letzten Jahren verändert: An die Stelle der Rückführung ins Biographische tritt die Frage nach den poetologischen Implikationen einer solchen Schreibstrategie. (Birkenhauer, 2007, p. 77).

125 É possível ver algumas fotos da autora no site da Else Lasker-Schüler Gesellschaft: <https://1600682797.jimdofree.com/medial/photographien/>, e também retratos feitos por pintores da época:<https://1600682797.jimdofree.com/medial/k%C3%BCnstler-portraitieren--else-lasker-sch%C3%BCler/> (acesso em 22 de fevereiro de 2021)

Yussuf, por exemplo, que foi impressa como frontispício de *Mein Herz*, diz mais sobre a concepção do texto, agora em formato de livro, do que sobre a autora. E se, por um lado, é divertido saber que Lasker-Schüler usou uma fantasia de príncipe oriental em uma ação para divulgar *Der Sturm*, na qual Walden e Kokoschka também se vestiram de forma chamativa[126], mais de 70 anos após seu falecimento, é possível enxergar a autorrepresentação de Lasker--Schüler como Yussuf ou Príncipe de Tebas a partir de uma perspectiva mais distanciada.

A distância do contexto artístico-literário em que a obra de Lasker-Schüler se insere também nos ajuda a reconhecer sua importância no cenário da época. Quando ela começa a publicar as *Cartas à Noruega* em *Der Sturm*, em 1911, Lasker-Schüler é tudo, menos uma novata: além de ser mais velha do que a maior parte dos seus amigos escritores, já havia publicado *Styx* [Estige, poemas, 1902]; *Der siebente Tag* [O sétimo dia, poemas, 1905]; *Das Peter Hille-Buch* [O livro de Peter Hille, prosa, 1906]; *Die Nächte Tino von Bagdads* [As noites de Tino von Bagdad, prosa, 1907]; *Die Wupper* [drama, 1909]; *Meine Wunder* [Meus milagres, poemas, 1911]. Em 1911, no ano em que é publicado o poema "Weltende" [Fim do mundo], na revista *Der Demokrat* [O democrata], editada por Franz Pfemfert, Jakob van Hoddis (1887-1942) tem 24 anos e está começando sua carreira; Lasker-Schüler já tem seis livros publicados, um filho e um segundo casamento

126 "For all her individualism and extravagant self-projections, Lasker-Schüler engaged energetically with fellow poets and artists, exemplifying the importance of dialogue for the formation of the generational spirit that sustained the Expressionist movement. She was an enthusiastic early contributor to Der Sturm, being the most prolific contributor to the journal alongside Walden and the writers Kurt Heynicke and Alfred Döblin. Oskar Kokoschka attributed its success not least to an advertising campaign in which he, Walden, and Lasker-Schüler travelled along the Rhine in order to distribute copies in the most promising parts of Bonn and other cities, attracting the kind of attention from children and other passers-by normally accorded a circus troupe, with Lasker-Schüler dressed as the Prince of Thebes wearing a turban and smoking a cigarette in a long holder, Walden no less of a 'Bohemien' in well-worn frock coat and pointed yellow shoes, and Kokoschka clad in old-fashioned Viennese style. (Kohl, 2013, p. 6)

em crise. O chamado expressionismo literário dava seus primeiros passos[127], enquanto Lasker-Schüler já tinha experiência suficiente para satirizar o meio e os cafés em que as literatices aconteciam, e argúcia para reconhecer talentos como Gottfried Benn (1886-1956), que encontrou na escritora uma das primeiras defensoras do livro *Morgue*, publicado em 1912.[128] A presença da autora na antologia *Menschheitsdämmerung*, que Kurt Pinthus publica em 1920 como um "documento do expressionismo", não precisaria ser justificada como ele o faz, ao observar que Lasker-Schüler não pertence à mesma geração que os outros poetas da antologia: "Mas Else Lasker-Schüler é a primeira a permitir ao ser humano ser todo coração — e ainda estende esse coração até as estrelas e a todas as cores do Oriente."[129] A relação de Else Lasker-Schüler com o que costumamos chamar "expressionismo"[130] é outra: não se trata de "pertencimento" a um grupo ou movimento, apesar da diferença de gerações. A relação de Lasker-Schüler com o expressionismo consiste em seu apoio entusiasmado a alguns dos jovens poetas,

---

127 Cf. o interessante estudo de Manfred Voigts a respeito: "Der Berliner Frühexpressionismus, der vor allem durch den jüdischen Dichter Jakob van Hoddis und den nichtjüdischen Dichter Georg Heym bekannt wurde, wuchs aus einer kleinen Gruppe von Studenten hervor, die sich 1908 aus einer Studentenvereinigung, der *Freien Wissenschaftlichen Vereinigung* (FWV) herausgelöst und 1909 unter dem Namen *Der Neue Club* (Sheppard 1981/1983) einen organisatorischen Zusammenhalt gebildet hatte." (2016, p. 283).

128 Cf. o artigo de Katrin Kohl (2013).

129 "Gegen zwei Dichter [ELS e Theodor Däubler] allerdings könnte man einwenden, daß sie jenseits dieser Generation stehen. Aber Else Lasker-Schüler läßt als erste den Menschen ganz Herz sein — und dehnt dennoch dies Herz bis zu den Sternen und zu allen Buntheiten des Ostens." (Pinthus, 1993, p. 25)

130 É preciso ter em mente que "expressionismo" é mais uma construção da historiografia literária do que um movimento homogêneo com características precisas, conforme explica Anz, 2007, p. 329, que acrescenta: „Ich favorisiere die Wendung ‚expressionistische Moderne' und konzipiere damit den Expressionismus als vorrangig deutschsprachige Erscheinung der literarischen Moderne im zweiten Jahrzehnt des 20. Jahrhunderts. Noch kurz zu meinen Begriffsverwendungen: Literarische Moderne verwende ich als Bezeichnung für die Literatur der ästhetischen Moderne, die neben der Literatur auch die anderen Künste umfasst." Mark W. Roche também afirma: „Literary Expressionism, unlike Futurism, was not a conscious grouping of authors, but a loose set of writers who published in some of the same journals and whose writings had a variety of common themes and features.". (2007, p. 680).

em sua colaboração ativa para com as revistas da época[131], em participações em eventos literários[132] e em afinidades artísticas.[133]

É da mesma época das Cartas à Noruega a série de eventos conhecidos como *Das Neopathetische Cabaret*, por exemplo, e a fundação de *Das Literarische Cabaret GNU*, por Kurt Hiller, após uma nova cisão entre membros de *Der neue Club*. [134] Esse tipo de realidade aparece de forma quase sempre satírica em *Mein Herz*: em uma suposta carta a Kurt Hiller, chamado no texto de Caius Maius, se lê:

> "Como ousa referir-se a nós, principalmente a mim, em sua palestra como idiotas; ainda mais porque o senhor bem sabe que sou uma idiota. Mas não precisa me lembrar disso, é indelicado, é até mesmo vulgar de sua parte. Ao Gnu não mais irei, pra mim basta."[135]

Em alguns momentos, é até difícil compreender por que Karl Kraus aponta a "falsidade" das informações de textos assim: nas cartas fictícias de Else Lasker-Schüler dá-se a conhecer outra carta, que ela teria enviado a Kurt Hiller para reclamar não por ter sido chamada de idiota, mas por ser recordada de sê-lo — quem poderia levar a sério tudo isso? Quem pode levar a sério, no sentido de buscar no texto informações verdadeiras ou falsas, uma abertura de carta que diz: "Crianças, estou terrivelmente entediada, todos os meus amantes me foram infiéis. Sinto-me um pária, quando adentro o jardim de entrada de nosso Café."? Ou ainda: "Querido Herwarth, você pode mandar publicar na *Der Sturm* que me escrevam todos os frequentadores de nosso Café que nutram o

131 Uma listagem impressionante das revistas para as quais Else Lasker-Schüler escreveu pode ser consultada na página de Karl Jürgen Skrodzki, um dos colaboradores da edição crítica, no link: Beiträge Else Lasker-Schülers in Zeitschriften und Zeitungen, disponível em https://www.kj-skrodzki.de/Dokumente/Text_029.htm (acesso em 25 jan. 2021).

132 Sobre o tema dos cabarés literários, cf. Meyer-Kalkus, 2020.

133 Cf. Hallensleben (1999)

134 *Der neue Club* organizou dez encontros culturais, que talvez chamássemos no Brasil de saraus, entre junho de 1910 e abril de 1912; Lasker-Schüler se apresentou em alguns deles. (Cf. Voigts, 2016, p. 284).

135 A última frase contém um trocadilho que não pôde ser mantido no português: "*Ich komme nicht mehr ins Gnu, ich hab gnug.*" (Lasker-Schüler, 1998, p. 242).

desejo de não serem mais mencionados em minhas cartas a vocês, eu lhes concederei livre passagem." [136]

As *Cartas à Noruega* não perdem seu caráter humorístico e satírico ao serem publicadas em livro:

"Hoje estava disfarçada de urso no Café. Um chofer me emprestou seu casaco de pele. No salão ao fundo estavam sentados os que voltavam do teatro, Dr. Loeb com sua jovem esposa Desdemona. Em seu rosto gracioso de mocinha entrevê-se uma marota força demoníaca. Professores mais experientes discutiam na mesa ao lado; eu estudaria latim com o professor Cohn ainda hoje. No cantinho do sofá, Höxter cochilava e deixava as franjas cobrirem seus olhos. Seu casaco surrado já está se desfazendo, mas ele usa meias de seda verde com sapatos de verniz. Ao seu lado estava a Sra. Spela em silêncio, um caracol discreto bem enroladinho. Atmosfera de parque da cor do luar. No meio do Café, Fritz Lederer--Rübezahl ria com sua mulher, que tem uma sagacidade fria e elegante, além de olhos azuis de tulipa. E acho que Otto Freundlich, de Paris, está aqui por causa da Nova Secessão, ele adentrou o Café com Gangolf, que vem sempre da Itália, não importa se venha de Friedenau ou Florença. Rosnei algumas vezes para Caius-Maius de dentro de minha pele de urso. Também vi Pechstein com sua indiazinha e M. Richter com sua romana. E todos os que entravam e saíam, por último chegou nosso querido Diretor Wauer, que me reconheceu nos meus tufos, mas eu suei um *Wupper* inteiro." [137]

A linguagem, ironicamente afetuosa, e episódios sobre supostos encontros amorosos entre Lasker-Schüler e "Minn", o "Bispo" e outras figuras, talvez tenham sido o ensejo para o subtítulo "romance de amor". O subtítulo concede mais uma camada de sentido ao conjunto das cartas e mas prenuncia o paradoxal isolamento que Lasker-Schüler, tão sempre afetuosamente ligada aos artistas da época, experimentaria anos mais tarde: em

136 Cf. p. 34 e Carta XII, p. 66.

137 Cf. carta IX, p. 59.

1912, o romance *Mein Herz* não é dedicado "A ninguém". Em suas características principais e fora do contexto de *Der Sturm*, *Mein Herz* já parece estar isolado, assim como as obras seguintes de Lasker-Schüler se distanciam dos desenvolvimentos literários posteriores à Primeira Guerra e mais acentuam do que alteram os traços e os temas da escritora que havia se formado na primeira década do século XX.[138] Mas no que se transformam as *Cartas à Noruega*, quando publicadas em livro, como "romance"?

"Romance epistolar de vanguarda" e o coração da questão

As cartas não permanecem as mesmas ao serem organizadas em livro. Em primeiro lugar, objetivamente há mudanças no texto: Else Lasker-Schüler altera alguns nomes, acrescenta ou retira frases, acrescenta três páginas inteiras e também uma carta final, um discurso do Príncipe de Tebas, que não está em *Der Sturm*. É esta versão, a do livro, que foi traduzida aqui.[139] É difícil saber se Lasker-Schüler pensou em organizar as cartas como romance desde o início das publicações em *Der Sturm*, embora uma delas aluda a essa possibilidade. Mas, como sempre...:

"Queridas Renas. Estou tão ansiosa para ver seus chifres! Mas logo vi que vocês não iam sair tão cedo dessa região cheia de trenós. E, portanto, abreviei minhas cartas pra vocês. A pro-

138 Cf. Nota 11 As exceções à ideia de que não haveria grandes mudanças nos temas talvez sejam *Ich räume auf!* e a peça *Ichundich*, de matéria fáustica (a peça foi descoberta apenas em 1979 e publicada em 1980).

139 Não se espante o leitor que porventura procure o texto em alemão na internet e encontre diferenças entre os textos. Utilizou-se aqui o texto consolidado na edição crítica (Lasker-Schüler, 1998).

pósito, já recebi por isso muitas mensagens de pesar; portanto, fiquem por aí, congelem mais um pouquinho. É isso mesmo, vou começar a guardar minhas cartas pra vocês e depois publicá-las com o título de “Cartas do coração, o único manual verdadeiro para elaboração de cartas de amor, protegido legalmente”. Prefácio: todos os manuais de cartas de amor previamente existentes provocam náuseas e dores estomacais. E a capa terá de ser produzida por um fabricante de porcelana, um casal entre estampas de cebolas coloridas. Oesterheld e Cohn dizem que essa é minha primeira ideia sensata [...]”.[140]

Embora não revele de fato quais seriam os planos editoriais para as cartas, o trecho revela que Lasker-Schüler escreve com grande consciência de certa tradição literária e que parodia a tradição das cartas como “linguagem natural do coração”, para recordar a expressão utilizada por K. F. Moritz, em um ensaio de 1783.[141]

O formato do livro, a escolha do gênero “Liebesroman” como subtítulo e a própria escolha do título, *Mein Herz*, reforçam a ligação com uma tradição literária que Else Lasker-Schüler subverte a cada carta[142]: como em muitos romances epistolares do século 18, aqui também a autora das cartas é uma mulher que, porém, rompe com os modelos burgueses de moral e virtude. E, se ao menos nos primeiros romances epistolares, as cartas deveriam ainda expressar a vida interior da “protagonista”, seria preciso dizer que essa “vida interior” da Lasker-Schüler das cartas está voltada ao exterior e se mostra bastante caótica. Assim, *Mein Herz* é melhor lido não como expressão imediata da subjetividade, do “coração”, de sua autora, mas como paródia do(s) gênero(s) que

---

140 Assim como o trocadilho com o nome do cabaré *Gnu* mencionado mais acima, o trecho “Herzensbriefe, alleinseligmachender Liebesbriefsteller, Gesetzl. gesch.” (Lasker-Schüler, 1998, p. 195), que foi traduzido como "Cartas do coração, o único manual verdadeiro para elaboração de cartas de amor, protegido legalmente”, exemplifica uma das dificuldades que os tradutores do livro enfrentaram. cf. Carta V, p. 32.

141 Apud Müller, 2010, p.78.

142 Cf. a respeito o ótimo estudo de Nina Tolksdorf (2020, em especial p. 171-175).

pretenderia(m) ser expressão do coração.[143] Mais um aspecto do romance inverte a forma tradicional: o romance epistolar apresenta a perspectiva de várias personagens que escrevem as cartas, modelo que Goethe já havia rompido em *Os sofrimentos do jovem Werther*. A autoria das cartas de *Mein Herz* tampouco é dividida, sempre se trata de Lasker-Schüler. Ao assinar com vários nomes, porém, a autora simula uma multiplicidade de perspectivas que não existe no conjunto das cartas: é sempre o mesmo sujeito que reconhece, aqui e ali, ser ora assim, ora assado. Assim, as diversas assinaturas são mais autoironia do que máscara.

Ao mesmo tempo, as cartas são públicas e se ligam à tradição das cartas satíricas, sem se deterem, entretanto, em questões morais específicas ou em figuras de governantes. As críticas feitas em *Mein Herz* são perspicazes, e não ferinas, e se dirigem muito mais a concepções artísticas e à forma como artistas, escritores e editores da época se relacionam com a arte do que à sociedade como um todo:

"Esta noite, só tenho uma coisa a dizer a vocês, Berlim é uma cidade pequena, a cada dia encolhe mais e mais. Uma cidade só é grande quando se tem uma perspectiva ampla a partir dela. Berlim tem apenas um olho mágico, um gargalo, geralmente fechado, que até sufoca a imaginação. Boa noite."

A inserção das reflexões sobre a arte no cenário dos cafés berlinenses também coloca em questão o próprio clichê do artista boêmio e a autorrepresentação que Lasker-Schüler cultivava como provocação.[144]

Não parece mais haver dúvidas na crítica sobre o alto grau de reflexividade das cartas de *Mein Herz*[145], e certamente o

143 Cf. a pesquisa arguta de Gideon Stiening (2012) para uma discussão sobre características geralmente atribuídas aos romances epistolares do século 18.

144 É Hallensleben (1999) quem, mais uma vez, coloca em questão a associação direta do romance com a boemia.

145 Sobretudo os estudos de Hallensleben (1999) e Tolksdorf (2020) enfatizam de forma muito convincente esse aspecto da obra.

leitor aproveita mais o texto sabendo que ali se trata continuamente de arte e literatura, sem que as cartas, por esse motivo, se encerrem na reflexão estético-literária. Pois, para Lasker-Schüler, ficção e realidade são complementares, nenhum dos âmbitos se esgota em si mesmo: é preciso transitar de um a outro continuamente, em busca de si.

Assim sugere a última carta do livro, que é assinada pelo "Príncipe de Tebas": o príncipe avisa que não estará em Berlim porque deverá inaugurar, em Tebas, um retrato seu em relevo e diz: "Mas não estou ansioso para me ver, pois nunca me reconheci, nem em escultura, nem em pintura, nem mesmo moldado em gesso. Procuro no meu retrato a alternância entre dia e noite, o dormir e o estar desperto"[146]. O Príncipe de Tebas — a personagem ficcional — não encontra o seu rosto na representação artística. Na representação, no retrato, busca-se "das wechselnde Spiel"[147], a alternância entre os opostos; no que foi fixado pela arte, busca-se o movimento. A vida não está na arte; é a arte que precisa buscar a vida. O trecho continua: "Em meu autorretrato a minha boca não está proferindo o grito de guerra?! Um arabesco egípcio, um hieróglifo real, meu nariz, meus cabelos sobem como flechas e meu pescoço sustenta com força minha cabeça. Assim me entrego às pessoas de minha cidade. Oßman e Tekofi Temanu, meus serviçais negros, portarão meu autorretrato em uma bandeira pelas ruas de Tebas. Assim o meu povo me celebrará, assim celebrar-me-ei".[148] Para ser festejado, o autorretrato do príncipe de Tebas — a imagem que o artista cria de si mesmo em sua obra — deve ser levado em uma bandeira pelas ruas da cidade. Na concepção de Lasker-Schüler, a festa da arte não acontece quando a obra está pronta, quando o autorretrato, o texto, o desenho, foi finalizado pelo artista: é no encontro com o público que a arte ganha vida e movimento, encontro simbolizado na imagem da bandeira ao vento.

---

146 cf. Carta XXIV, p. 132.

147 Lasker-Schüler, 1998, p. 261.

148 cf. Carta XXIV, p. 132.

A partir da carta do Príncipe de Tebas, o romance *Mein Herz* pode ser lido como um autorretrato vanguardista: e se assim for, a imagem do coração, que intitula o romance, não retoma a ideia de uma expressão imediata da subjetividade, mas sugere uma subjetividade "mediada", que se descobre e se transforma por meio de encontros. Que as cartas agora ganhem vida no encontro com o leitor.

Bibliografia

Anz, Thomas. Thesen zur expressionistischen Moderne. In: Sabina Becker/Helmuth Kiesel (Hg.). Literarische Moderne. Begriff und Phänomen. Berlim: De Gruyter, 2007, p. 329-346.

Lasker-Schüler, Else. Werke und Briefe. Prosa 1903-1920. Kritische Ausgabe. [Hrsg. Norbert Oellers; Heinz Rölleke; Itta Shedletzky; Bearbeitet von Ricarda Dick] Frankfurt a.M.: Jüdischer Verlag 1998. Bd. 3.1.; Bd. 3.2.

Birkenhauer, Theresia. "Herzensbühne". Das Prinzip Inszenierung im Werk.

Else Lasker-Schülers. In: Weiterlesen. Literatur und Wissen. Org. Ulrike Bergermann; Elisabeth Strowick. Berlin: De Gruyter, 2007, p. 77-95. <https://doi.org/10.14361/9783839406069>

Else Lasker-Schüler, 1869-1945. Bearbeitet von Erika Klüsener e Friedrich Pfäfflin. Deutsche Schillergesellschaft, 1995. Marbacher Magazin 71/1995.

Galle, Helmut. Pequena introdução à teoria da ficcionalidade seguida por uma bibliografia. In: Helmut P. E. Galle; Juliana P. Perez; Valéria S. Pereira. (Org.). Ficcionalidade. Uma prática cultural e seus contextos. 1ed.São Paulo: Faculdade de Filosofia, Letras e Ciências Humanas, 2018, v. 1, p. 17-43.

Hallensleben, Markus. Zwischen Tradition und Moderne: Else Lasker-Schülers avantgardistischer Briefroman Mein

Herz. Else Lasker-Schüler: Ansichten und Perspektiven/ Views and Reviews. Ed. Ernst Schürer and Sonja Hedgepeth. Tübingen; Basel: Francke, 1999, p. 187-218.

Kohl, Katrin. Friendship, Love and Loss in the Poetry of Else Lasker-Schüler (1869-1945), Oxford German Studies, 2013, 42:1, 3-22, DOI: 10.1179/0078719113Z.00000000023.

Meyer-Kalkus, Reinhart. Das literarische Kabarett. In: Geschichte der literarischen Vortragskunst. Stuttgart: Metzler, 2020, p. 681-710.

Müller, Wolfgang. Brief. In: Lamping, Dieter (org.) Handbuch der literarischen Gattungen. Stuttgart: Alfred Kröner 2010, p. 75-83.

Pinthus, Kurt. Org. Menschheitsdämmerung. Ein Dokument des Expressionismus. Berlim: Rowohl, 1993. [1a edição: 1920].

Roche, Mark W. Provocation and Parataxis. In: Wellbery, David E. org. A new history of German literature. Cambridge, London: Harvard UP, 2004, p. 678-683.

Schrade, Torsten: "Startseite", in: DER STURM. Digitale Quellenedition zur Geschichte der internationalen Avantgarde, erarbeitet und herausgegeben von Marjam Trautmann und Torsten Schrade. Mainz, Akademie der Wissenschaften und der Literatur, Version 1 vom 16. Jul. 2018. Disponível em: https://sturm-edition.de/id/S.0000001 (acesso em 25 jan. 2021).

Stiening, Gideon. 'I have done with the science of man'. Empirismus und poetische Form in den Briefromanen Richardsons, Rousseaus und Smolletts. In: Stiening, Gideon; Vellusig, Robert. (Org.) Poetik des Briefromans. Wissens- und mediengeschichtliche Perspektiven. Berlim, Boston: de Gruyter, 2012, p. 49-82.

Tolksdorf, Nina. Zur Ironie der Redlichkeit. Else Lasker-Schülers Mein Herz. In: Performativität und Rhetorik der Redlichkeit. Nietzsche — Kleist — Kafka — Lasker-Schüler. Berlin: De Gruyter, 2020. p. 168-205. <https://doi.org/10.1515/9783110676587-006>

Voigts, Manfred. Berliner Moderne — Expressionismus und Judentum. In: Handbuch der deutsch-jüdischen Literatur, org. Hans Otto Horch. Berlim, Boston: De Gruyter, 2016. p. 283-295. <https://www.jstor.org/stable/j.ctvbkjtz1> (acesso em 18 jan. 2021)

Exemplares impressos em OFFSET pela sobre papel
Cartão LD 250g/m2 e polén Soft LD 80g/m2 da Suzano Papel e
Celulose para a Editora Rua do Sabão.